浙江少年文学新星丛书·第九辑

海飞 主编

穿越时空
的风景

〈
赵云翼
著
〉

浙江工商大学出版社
ZHEJIANG GONGSHANG UNIVERSITY PRESS

·杭州·

图书在版编目(CIP)数据

穿越时空的风景 / 赵云翼著. --杭州:浙江工商
大学出版社,2024.5
(浙江少年文学新星丛书 / 海飞主编. 第九辑)
ISBN 978-7-5178-5970-3

Ⅰ. ①穿… Ⅱ. ①赵… Ⅲ. ①中国文学—当代文学—
作品综合集 Ⅳ. ①I217.2

中国国家版本馆 CIP 数据核字(2024)第055246号

穿越时空的风景
CHUANYUE SHIKONG DE FENGJING
赵云翼 著

责任编辑	沈明珠
责任校对	胡辰怡
封面设计	潘洋
责任印制	包建辉
出版发行	浙江工商大学出版社
	(杭州市教工路198号 邮政编码310012)
	(E-mail:zjgsupress@163.com)
	(网址:http://www.zjgsupress.com)
	电话:0571-88904980,88831806(传真)
排　版	杭州朝曦图文设计有限公司
印　刷	杭州高腾印务有限公司
开　本	880 mm×1230 mm　1/32
印　张	9.25
字　数	155千
版 印 次	2024年5月第1版　2024年5月第1次印刷
书　号	ISBN 978-7-5178-5970-3
定　价	49.80元

作者简介

赵云翼，生于2012年9月。杭州市保俶塔实验学校五年级学生，中队长，校"五好学生"，浙江省青少年作家协会会员。曾获第十七届浙江省少年文学之星征文比赛小学A组一等奖，2022年第十三届蓝桥杯全国软件和信息技术专业人才大赛青少年总决赛Scratch初级创意编程组三等奖。现为学校"宝石"管乐团成员，大号专业，2023年6月获得浙江省音乐家协会西洋管弦乐器大号二级证书。本书中部分作品曾发表于《钱江晚报》《小学生时代》《未来作家》和《少年文学之星》等报刊。

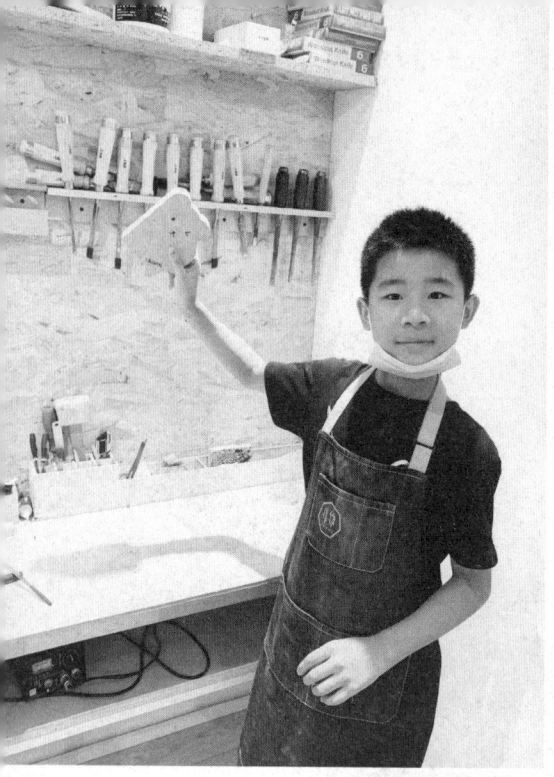

自己做的音乐盒▲

在书房阅读▶

▲和最喜欢的"乐高"在一起

▲在北京环球影城

◀大山脚下放风筝

◀大年三十包饺子

▲参加航空夏令营

和爸爸在西安古城墙上▶

▲看展

▲参加赛车夏令营

▼酷男孩

◀参观三亚水族馆

◀玩雪

◀在万宁冲浪

▲ 参加斯巴达勇士赛

▲ 我的玉米长高啦

▲ 天天吹大号

▲ 自己写的"福"

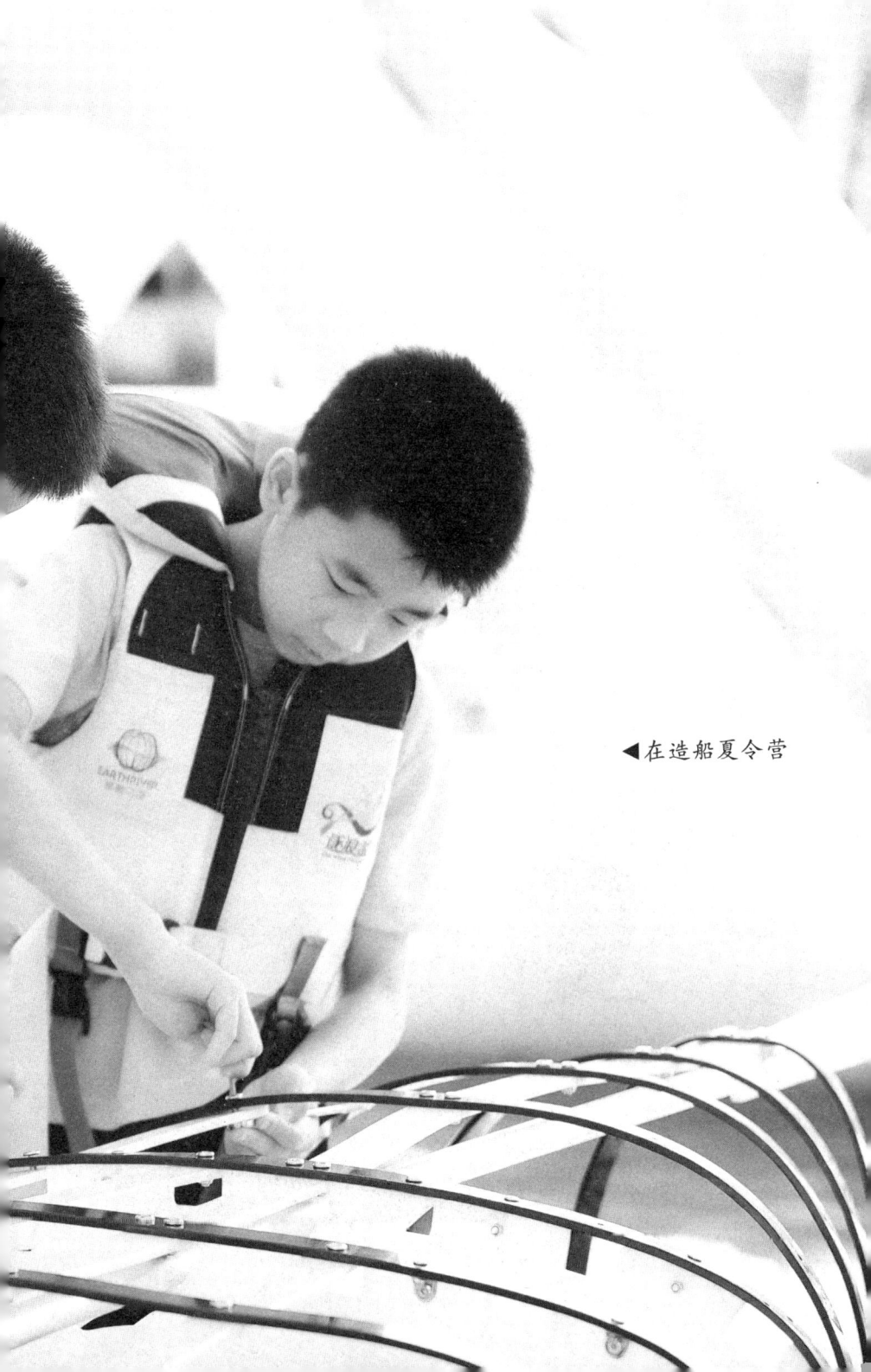

◀在造船夏令营

▲在西安古城墙上骑自行车

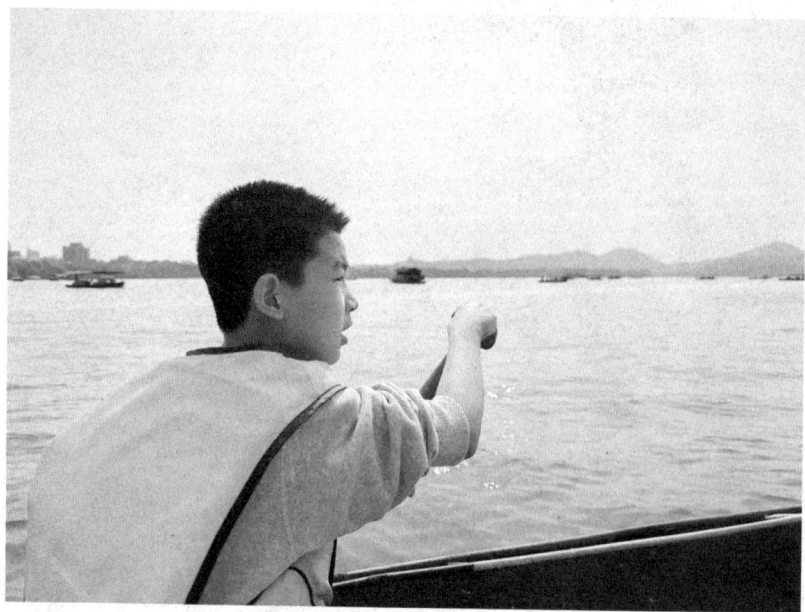

▲在西湖划船

序

夏　烈[1]

小鸟来过了。

那为什么果果还在呢？

奶奶说，它们看了看飞走了。

我就把果果切成两半，

一半我吃了，

一半留给明天的鸟儿。

　　"站"在小作者赵云翼二年级时的文字前，就仿佛站在了小鸟、小孩和切成两半的果果前，画面清晰、萌态可掬。也许，天真之美本就是少年的创作秘宝，但如此增一字太多、减一字太少的"刚刚好"总归显示着小作者的天赋之痕。他写出来、积攒着，今天集结成书反馈给小朋友、大人们，这就不仅仅是自言自语了，而是亮出了一片童趣和情味，展示了一种简单的丰富性。让我们可以由此回归稚拙的乐趣，珍惜他偶尔的文字中的宛若天成。

　　赵云翼书里时常出现的奶奶，是我在浙江文坛的老师和

---

[1] 夏烈，浙江省青少年作家协会副会长，杭州师范大学教授，一级作家。

曾经工作过的出版社的前辈。二十余年,时光像飞鸟般划空而过,想着自己少年时也是看着老师前辈们的作品慢慢长大的,一边大口呼吸着自然、青春、情愫、思想、文采和修辞,一边满怀激情义无反顾地奔向文学的天堂圣地,包括去出版社做文学编辑。转眼间,则变成赵云翼们以少年文学新星的身份进入新的时光之旅。看着他们,就像看见曾经的自己,曾经蹒跚学步的一篇篇文学操练,曾经让一颗创作的种子种在了心灵的露台上一日日地抽枝发芽。所以,在此不止感慨时光,更是相信在文学的花径两侧,始终不乏一代代的吟诵者,他们传唱着"爱在左,同情在右""少年心事当拿云"或者"夜间选择黎明的人,黎明选择他为自由的风"……

回来说这本颇为特别的小学生作品集。集子是根据小作者上学的每个学期来分辑的。从一年级下学期开始,我们就能看见一个爱花爱草爱在阳台的花盆里种菜的小朋友:他每天放学回家,上露台观察种子发芽,喜看植株长高,耐心等待开花结果,几个月的生长期,如果能有两三根黄瓜摘摘,一小盆辣椒收收,几根玉米采采,都是他童年生活里最大的"农业"丰收。这种与泥土、与作物一起成长的经历很短,却很稀缺!这既是语文知识具体运用的开始,也是个体生命轨迹、性格养成、朦胧诗意及理性抽芽的过程。之后从二三百字的小童话,到假期里的夏令营活动,或是跟着父母去西安、北京以及国外旅游,开眼界长见识的同时也养成了他记录经历、留影童真童趣的好习惯。

从他的文字里,能看到一个好动、手巧,有较强的专注力,逻辑感和美感均衡生长的男孩的形象。他折纸花、纸仙鹤、纸飞机,尤其当我看到那篇《"乐高"是我的朋友》,真心能体会到小作者玩"乐高"模型的快乐——我甚至会想,要不要也买点乐高模型,重拾孩童的乐趣?此外,小作者有比较广阔的体验空间:和外国朋友有交集,一块儿包饺子、玩游戏;在家长的陪伴下,上天操纵过直升机,下海玩过冲浪。他把这些都转化为习作、转化为想象力——他2023年的作品《穿越时空的风景》获得了第十七届浙江省少年文学之星征文小学A组一等奖,就能察见良好的家庭教育和亲子关系下小作者拥有着温暖而丰沛的想象力。

语文,是所有其他课程的基底,在我们国家的教育中它还更为紧要地担负着启蒙我们"三观"以外的第四观审美观——审美之眼、审美之门的功能。换言之,就是让我们别具只眼,看到物、看到人、看到美。而要从普通学生、爱好者蜕变成小作家,还得多读、多思、多写、多练,我很高兴赵云翼已经有了他的第一本作品集,拥有了他初步的审美创获,期待他不断进步,将文学纳入生命。

是为序。

2024 年 1 月 17 日

目　录

新芽儿

太阳挂在天空中，火辣辣的，小蜗牛推着小水珠往更大的叶子走去，走着走着，小水珠越来越小，最后，小水珠不见了。小蜗牛哭了……

露台观察记

一、露台

春天是万物复苏的季节,我们的露台花园也开始播种啦!

上周,爷爷买来了番茄苗、辣椒苗和黄瓜苗,我把它们种了下去。前天我发现黄瓜苗不见了,番茄苗由绿变成了紫绿色,辣椒苗开出了雪白的小花,长出了像翡翠一样的小辣椒。黄瓜苗冻死啦,爷爷又买了两株种下去了。(2020-04-09)

二、喇叭花

喇叭花发芽了。最早的苗苗是黄绿色的,叶芽上还套着黑黑的壳呢。现在全变绿了,壳也不见了,叶子大了很多。今天我拔起一株,主根很长,还有许多小根须。

露台,是我最爱的地方。(2020-04-17)

三、葱

从去年开始,只要买了葱,葱根就会被我拿到露台上种进花盆里。冬天只有葱不怕冷,在嗖嗖的冷风里它还会长。

奶奶烧菜时常常让我到楼上去剪几根葱下来。我没有想到，过了春节，暖风把葱吹醒了，葱花圆圆的，像个毛茸茸的小线球。蜜蜂顺着花香来采蜜，发出嗡嗡的声音，得意极啦。

葱是厨房里的宝贝。比如烤鱼、烤肉、清炒萝卜，放点葱又香又好看，还好吃。感冒时来杯葱姜红糖茶，喝下去出身汗，感冒就好了。奶奶在葱油饼里夹上两根葱，再倒上一点番茄酱，放进铁锅里一烤，又香又脆，馋死人了。（2020-04-21）

四、观察

今天我上楼观察我们种的三种苗。我发现黄瓜苗已经开始爬藤了，而且长出了两根像眼睛一样的须须，还有细小的毛毛呢，比上次长高了许多。就像爱因斯坦说的：换一个位置观察，结果就不一样。我从上面看它时，它很矮；我从侧面观察时，感觉它有一点点长高了；而我从下面往上看，就感觉它很高很高了，高得像茂密的丛林；我再从远处看，感觉它很小很小，跟我的中指差不多高。辣椒苗以前长得很茂盛，而现在只有一株活了下来。为什么呢？爷爷说："因为它老了。"而其他两种苗苗就像我的同学一样活泼可爱。（2020-04-24）

五、朋友

我的果园里来了四位朋友:辣椒、黄瓜、番茄和草莓。

辣椒来到果园,把自己挂在了树上,风一吹像秋千一样荡来荡去。番茄呢,有的结青果了,有的还在开花呢,花是黄色的。黄瓜开始爬藤了,有触角似的须须,还有茸茸的毛毛呢。风一吹,黄瓜藤就撞上铁框,全都沿着框架往上爬。

有花就有果,今天,我还剪了两根黄瓜下来,它们跟筷子一样长。我们做了一道黄瓜拌虾皮,可好吃了。

奶奶买了一盆草莓苗,绿绿的叶子间有白色的小花,还带了一个青白色的小果果。我每天去看果果,发现它一天比一天大,一天比一天红,我想等它熟透了就吃,没想到昨天鸟儿把它吃了个精光。

不过,我不心疼,因为草莓还会长出来的。(2020-05-04,刊于《未来作家》公众号)

捐　书

星期天的晚上,爸爸妈妈陪我到晓风书屋捐书。

我背着一个沉甸甸的书包,里面装着我已经看过的好书:《救援机器人》全套、《木偶奇遇记》、《海洋探秘》、《植物乐园》、《飞鸟王国》等十二本书。我要将它们送给西藏墨脱的小朋友。

走进晓风书屋,一个阿姨笑嘻嘻地接过了我的小书包,给了我一张捐赠证书。她还让我给墨脱的小朋友写几句话,我写了五个字:墨脱,我爱你!

听妈妈说,墨脱县是全国最后一个通公路的县。通车后的第一个冬季,有个翻雪山进入墨脱的记者阿姨想为墨脱的孩子们安上梦想的翅膀,倡议给墨脱的小朋友送上满满一车童书。

妈妈说,西藏是个非常美丽的地方,那里有终年不化的雪山,蓝蓝的天,白白的云,但那里也是一个非常艰苦的地方,一年只有一个季节可以旅游。墨脱县处于喜马拉雅山东侧的亚热带湿润气候区,有丰富的热带雨林资源。那里也是青藏高原海拔最低,生态保存最完好的地方。据说,在藏族同胞心中,墨脱是信徒们朝圣的"莲花宝地"。墨脱地处世界最大、最深的雅鲁藏布大峡谷的深处,有人说"在到过墨脱的人面前不要言路",意思是这世上再没有比到墨脱更难走的路了。如今公路修好了,总不会太难了吧。

　　我向往美丽的西藏,也记挂墨脱的小朋友,愿他们也像我一样喜欢这些书。(2020-07-17)

新芽儿

我们换上春装,就像小芽芽从土里长出来,开始了新的一年。小苗渐渐长大,长出了新叶子。一天,叶子上来了一只蜗牛。蜗牛在叶子上爬啊爬,爬到了小水珠前说:"小水珠,小水珠,我可以和你交朋友吗?"小水珠说:"好呀,我正好没朋友呢。"

太阳挂在天空中,火辣辣的,小蜗牛推着小水珠往更大的叶子走去,走着走着,小水珠越来越小,最后,小水珠不见了。小蜗牛哭了,发现自己的泪珠儿也不见了,地上干干净净,连个水痕都没有。(2020-05-27)

家长点评

这是贝宝自己想、自己写的"双自"作文。激发点是一本杂志的封面,刊名《新芽儿》,画面是刚刚冒出芽的植物,大叶芽上有一只蜗牛和几滴小水珠。

写作与情绪有很大的关系。昨天让他写,他不想写,今天回家兴高采烈的,可能是课堂上受到了表扬,或是有什么开心的事情,所以看图说话很快就写出来了。奶奶菜还没烧好,贝宝的作文已完成了。

🪐 小猫咪

睡梦中的小猫咪可爱极了。

它眯着小小的眼睛,两只耳朵微微颤动着,缩成一团,脚也缩到身体下面去了,小小的尾巴卷得像根棒棒糖一样。但它只要一听到动静,胡须便立刻竖起来,若你再靠近,它便会睁圆那一对猫眼。如果发现是家人朋友,它会继续睡它的觉。

摸摸睡梦中的小猫咪,它的小肚皮又软又暖,像个保温袋。

我好想有一个这样的小伙伴哦!(2020-10-12)

雨点儿

　　秋天的下午，一个小女孩坐在一艘大大的树叶船上，往对岸划去。这时，天上突然刮起了大风，不一会儿大雨哗哗地落下来了，小女孩急得直哭。远处来了两只小猴子，它们也想过河去，它们没有船，却有伞。小女孩问："你们要不要坐我的船啊？"小猴子说："要！"小女孩说："好啊，我正好没有伞。"小猴子立马跳上了船，他们聊着天很快就过了河。

（2020-05-20）

家长点评

　　读金波四季美文《秋天卷·雨点儿》封面画写作文，独立完成已没有问题。

鲸　鲨

　　我向往蓝色的大海,更向往菲律宾的大海,我的老爸和老妈曾经和鲸鲨共游过,还抚摸过鲸鲨。老爸说,它的皮肤硬硬的,凉凉的,很粗糙,身边有很多小鱼围着,在啃吃鲸鲨身上的死皮。爸爸还跟我说,一条鲸鲨有二十米长,它是世界上最大的鱼类,性情十分温顺,它们吃浮游生物,不吃小鱼,也不吃人,因为它们的喉咙很细,牙齿极其微小,小到几乎看不见。

　　海洋里居然有这么奇怪的动物?

　　我长大以后,一定要去菲律宾潜水,看看鲸鲨到底长什么样,我还想骑在鲸鲨的背上,去海底探险呢!(2020-05-29)

疯狂魔鬼鱼的体验

　　到森泊乐园的第二天,我和翘翘姐姐六点钟就醒了,因为惦念着精彩又刺激的魔鬼鱼项目,听说排队都要排上一个多小时。可是当我们到了景点,发现都没有几个人,根本就不用排队。

　　我们租了两只皮艇,我和翘翘姐姐一只,两位妈妈一只,我们又推又拉地把皮艇弄到了顶上,坐进了皮艇,工作人员把我们推进魔鬼鱼的肚子。我们吓死了,里面乌漆墨黑的,第一声惊呼还没有喊出来,就已经掉入U型的魔鬼鱼嘴巴。皮艇像弹珠似的滚来滚去,我坐在最前面好怕哇,这时,我们被一左一右的两股水流拦住了,呛了好几口水。最后不知从哪来的水把我们冲了下去,一直冲到岸边。

　　这样的游戏我们一共玩了二十次,只排了三次队。这真是来得早的好处。(2020-08-26)

《贝多芬》读后感

1770年的一个冬日,贝多芬诞生于波恩的一个音乐世家,他从小就接受了艺术熏陶。

他的恩师聂夫用启发的方式教他念书,启迪他的思想。贝多芬十七岁时又成了音乐家莫扎特的得意门生。

贝多芬演奏时好像要将全部的力量和情感倾注在琴键上,常常让听众如痴如醉,听到悲伤处甚至落下泪来。正当贝多芬一步步迈入创作高峰时,他突然发现耳朵聋了,再也听不到乐器的声音,也无法分辨音调的高低。他用比一般人多好几倍的时间写下一个个自己几乎听不见的音符,谱出闻名天下的《命运交响曲》,告诉世人不论雷声多响、暴雨多狂,他始终不会屈服。他的《英雄交响曲》和《命运交响曲》风靡了整个欧洲。

耳聋是贝多芬一生中最大的悲剧,而他最好的作品又都是在这之后完成的,他用无比坚强的勇气奏响了属于自己的生命交响曲。(2020-04-16)

安徒生《童话王国》读后感

　　1805年,安徒生生于丹麦的一个小镇。他家里很穷,爸爸是个穷鞋匠,但很会讲故事。每天晚上,爸爸总是会给小安徒生讲《一千零一夜》的故事。安徒生有惊人的记忆力,他能把莎士比亚笔下人物的对白倒背如流,还能把听到的故事进行再创作。十四岁那年他离开故乡,去哥本哈根闯荡。

　　他本想当个演员,没想到却成了剧作家。怎么也没想到的是不经意写下的童话故事却成就了自己,安徒生一生写了近两百个童话故事,这些童话故事被翻译成一百多种语言。

　　小朋友们见到安徒生就会欢呼起来,而安徒生则被世人称为童话故事里的太阳。我喜欢安徒生《童话王国》里的《丑小鸭》,我现在还是丑小鸭,但我有白天鹅的梦想。(2020-04-22)

《李白诗选》读后感

今天是世界读书日。

我最喜欢的一本书是《李白诗选》。

我喜欢读他的《将进酒》《月下独酌》和《赠汪伦》,我更喜欢他为人豪爽大方,广交天下朋友,走到哪都会被一群"粉丝"围着,喝酒聊天吟诵! 请听:

李白乘舟将欲行,忽闻岸上踏歌声。

桃花潭水深千尺,不及汪伦送我情。

我想汪伦是李白的"铁杆粉丝"吧,这种送别之情很动人。

有人称李白是诗仙,是最帅的侠客,是最牛的"摄影师"。我是他的小"铁粉",我也想学习写诗。(2020-04-23)

没影了的纸飞机

　　我的纸飞机是手工折的,折叠的方法是从"抖音"里学来的。

　　今天是大年初五,天气很好,阳光暖暖的,我们全家在阳台上放飞我折的纸飞机。

　　我们第一次放飞的时候,是用一根绳子吊住纸飞机的尾部,这样它掉下去时,我们可以像钓鱼一样把它拽上来。

　　这一天,我们一共放飞了四架纸飞机,其中有一架驾着风在空中盘旋,一旋一旋地从十八楼旋落到一楼的草地上。绿茵茵的草地上,躺着一个白色的小点点,那可是我亲手折出来的"雄鹰"啊。其他三架都飞得没影了。我心疼这架"雄鹰",飞快地奔下楼,把它捧了回来。它劳苦功高啊。

　　妈妈拍下了这架纸飞机飞行的视频,爸爸说飞机飞了有一分多钟。(2020-01-29)

第一次养蟋蟀

"学而思"有一堂专门讲蟋蟀的课,老师给我们留的课后作业是买一只蟋蟀来观察。老爸先给我买了一只,但是没养几天,那只蟋蟀就"挂"了。然后老爸又给我买了两只。

有一天,老爸、老妈和我一起斗蟋蟀,老爸把两只蟋蟀分别倒入塑料盒的两边,中间用一块塑料板隔开,我拿着蛐蛐草兴奋得不得了,马上把中间的隔板抽掉,用蛐蛐草去挑斗,它们很快就打起来了。一只蟋蟀节节败退,另一只凶猛的蟋蟀奋勇直追,那只节节败退的,最后居然被打死了。老妈拍下了这段视频。

没过几天,另一只也死了。我和老爸到最后都不明白,两只蟋蟀为什么非要争个你死我活呢?

我们学过叶绍翁一首《夜书所见》的诗:"萧萧梧叶送寒声,江上秋风动客情。知有儿童挑促织,夜深篱落一灯明。"诗里的蟋蟀声可是一片祥和呢。(2020-08-30)

琥 珀

昨天晚上6点半,我上"学而思"网课做琥珀。课前测的时候,最难的一道题是这样的:琥珀形成需要多少年? 答案选项:A.2000万年;B.4000万年;C.6000万年;D.8000万年。我答的是C,没想到答对了。

"学而思"给我们的作业是做一个琥珀,老师把步骤教给了我们:先要把A、B瓶子里面的液体倒入量杯里。A倒5毫升,B倒5毫升,再把它们用搅拌棒搅到一起,然后把液体倒入软软的长条模具里。再把我们课前准备好的金龟子尸体放进去,静置2小时。但这时已经是晚上10点20分了,爸爸说:"先睡觉吧,明天起来再做。"

今天一早起来,我飞快地刷完牙,洗好脸,吃好早饭,便开始做实验。步骤也跟老师教的一样。把A、B两个瓶子里面的溶液倒入量杯里,各倒5毫升,然后搅拌5分钟,再倒入模具里,还得静置2小时。老师说过,凝固的速度跟环境的温度有关,温度高凝固得慢,反之就凝固得快。

我上午上完"散打"课回家,琥珀凝固了——金龟子已经紧紧地被包裹在里面了。琥珀昆虫化石的形成需要6000万年时间,而用科学的方法只需要1天。

科学太神奇了!(2020-07-21)

树　屋

去年,妈妈带着我进行了一次特别的旅行。

我们被安排在树屋旅社。很好玩哦,房子像鸟窝似的架在树干上,而我们住的树屋是两层的,我和妈妈住一层,翘翘姐姐和她妈妈住一层。脑袋往窗外一探:哇,我们简直跟猴子一样了。差别是它们会在枝叶间"飞"来"飞"去,而我们只会顺着木头架子爬上爬下。

树屋旅社的游戏项目很多,比如水上滑梯、水上漂等,我和翘翘姐姐在水中玩了整整一天也不想上岸。两位妈妈来叫我们时,天都漆黑了。

晚上,树叶遮住了星星,但树屋的灯却一盏盏跳亮,整座林子被点亮了。我们像鸟儿归巢似的躲进了树屋,在梦中我也是一只小鸟。(2020-07-07)

别样的"打卡"

安吉的藏龙山上有一座玻璃桥,我们在套防滑鞋套的时候,就听到桥上有人在喊"救命啊救命",也有人在叫"我有恐高症,我害怕"……

这声音令人心慌。

当踏上桥时,我们发现有人真的趴下来爬,有人扶着栏杆迈着小碎步往前移,可也有健步如飞的大哥哥大姐姐。我想向勇敢的大哥哥大姐姐学习,便在亮闪闪的桥面上跑了起来。果然一点事儿也没有,跟在平地上跑步一样。就在这时,老爸突然大声说:"儿子,往下看!"

不看不知道,看了才叫害怕:低头是森林峡谷,抬头却是蓝天白云,而玻璃桥是从两座山的山腰上架起来的桥,我站在上面怎能不害怕?可是只要不看脚下的峡谷,眼睛直直地盯着前方,心里就一点都不害怕了。

忽然下小雨了,凉丝丝的雨水滴到我脸上,痒痒的很舒服。我甚至还在玻璃桥上做起了俯卧撑呢,1、2、3、4、5……老妈一边数一边拍视频,帮我"打"完了"散打"课程的卡。

我走到桥头,又按照老爸说的跑到了起点再跑回终点,跑完了,我们脱掉防滑鞋下桥,还远远地拍了一张玻璃桥的照片,才回酒店休息去了。(2020-08-11)

如果我是一片雪花

如果我是一片雪花
你猜
我会飘到什么地方去呢？

如果我是一片雪花
我愿意飘到小河里
变成一滴水
和小鱼小虾游戏

如果我是一片雪花
我愿意飘到广场上
被堆成一个雪人
望着你笑眯眯

如果我是一片雪花
我更愿意飘落在
妈妈的脸上
亲亲她
亲亲她
然后就快乐地融化。(2020-02-10)

草莓

我家的露台上有一盆草莓，常常红了一丁点儿小鸟们就来吃了。我就悄悄地把果果藏到叶子的下面，尽可能让它们从外面看，看不见。好奇怪，小鸟们还是看见了，有时候是吃一半，剩一半，真是太浪费了，我好心疼。

我反复观察了这盆草莓，从外面看真的什么都看不见，那小鸟是怎么知道层层叠叠的叶子里面有草莓的呢？而且嘴刁的小鸟是不吃青果果的，那它们又怎么知道青果果什么时候已经变成了红果果？难道是果香？一个草莓盆不大，总共也长不了多少颗，奶奶说："只要听到露台上鸟儿叽叽喳喳，就知道草莓已经熟了。"

我带着这个疑问去问百度。原来，鸟类的眼睛可以看到十公里以外的猎物。小鸟的眼睛既是望远镜，又是放大镜，那我怎么比得过它们呢？

为了不让它们全吃了，我就给青果果套上了塑料袋。我看着有几个果果慢慢变红了，可万万没想到的是，有一天我上露台，发现小鸟居然把袋子啄破了，并把果肉吃光了！

小鸟们真的太厉害了！(2020-04-09)

蛋壳的故事

渐渐地，天黑了，雨也停了，星星困得眨起了眼睛，好像在说：「夜深了，该睡了。」于是它们把蛋壳再翻过来……

夏令营记事

一、出发

八一建军节的前夕，我们"小主人梦想实践家军训"开始啦。

我们三十五个人穿着"绿巨人"衣服，坐着一辆绿色的大巴车去安吉营地。那可是真正的部队营地啊，有五位解放军教官在等候着我们。教官把我们带去宿舍，放下行李以后的第一件事情是要把三个队的队长选出来。

我们队十一个人，有两个人竞选队长，我是其中之一。我上台演说："我会管理自己，乐意帮助同学，在学校里还当过路队长。"很幸运，我居然被选上了。

从现在开始，我得像模像样地当队长了，喊口令、整队、管理吃饭队伍、发房卡、不准队员随便串门……

二、扫雷

第一天下午我们有个活动叫"埋、排雷"。埋雷组的任务是把雷埋在很隐蔽的地方，一个队有四个雷，两个人一组，一个人挖坑，一个人埋。埋好后用鱼线绑在雷的钢丝引线上，把鱼线的另一头绑在铁钉上，再把铁钉插在土里。然后就怀着很忐忑的心情去观赏区等候，看哪个"倒霉蛋"一脚踩上了雷线。听见惊雷似的引爆声，我们欢呼雀跃，欣喜万分——我们的雷全部被引爆了。

当我们成为排雷队的队员的时候，我们的"敌人"太无能了，也太懒了，居然没有一个雷是被我们踩到引爆的。这不是因为我们有"火眼金睛"，而是他们的雷都是暴露在地面上的。

三、瞄靶，打靶

军训第二天，教官带我们去靶场练瞄靶。这个靶场可大了，有我们操场的十倍、教室的二十倍大吧。我们的枪是95式步枪和03式自动步枪，我们瞄的是假人靶。

你们知道一把枪有多重吗？教官说有十斤重！比我们的书包重多啦，有一个比我年龄大的小朋友居然扛不动。

我们扛着枪，练习趴着、蹲着、站着瞄准。别人认为站着练最累，我觉得蹲着最难，因为我在军训的前一天骑车把膝盖摔破了，伤口还没有结痂，一蹲就要裂开。若放在平常，我肯定哇啦哇啦叫了。可这是军营，要向解放军叔叔学习，轻伤不下火线。

打靶的时间到了，每人两发真子弹，加一次赠送体验，一共是三发真弹。每个小朋友身旁都有一位教官,是真正的解放军战士,只等总教官一声令下,所有的子弹像飞鸟一样全部发射。我运气很好,一发打在假人的左眼上(二十分),一发打在右眼上(二十分),另一发打在了鼻子上(十分),一共得了五十分。很搞笑的是有个小朋友把自己的子弹打在了别人的靶子上,而且还全打在眼睛上,是一个高高的"满分"啊。

整个军训中,打真枪是最过瘾的事啦。

四、无线电台测向训练

第二天上午,我们的活动叫作"无线电台测向训练"。场地是雨后的草坪,野草高得可以没过膝盖,空气也是湿漉漉的。我们穿上了蓝精灵的衣服,教官给每个人发了一个带耳机的测向机,上面有两个按钮,你可以选择喜欢的声音,通过"声音"去搜寻草丛中的电台。我们连三十五个人的任务是在五分钟之内把四部电台全部找到。这不像上次扫雷,你踩到了它会爆,这次是找不到,它就会冒蓝烟,暴露电台的位置,那样就算输了。

我们连有三个队,平摊一下,每个队至少要找到一台。那怎样才能把电台找到呢?教官说就是要用每个人手中的测向机去寻找。教官一声令下,我们四下散开。我打开了测向机的声音按钮,并把天线打开,开始搜寻,每个人都迈着小碎步往前面走,或者左右地转。很幸运的是,我们队找到了三台,其中一台是我找到的。

我们队是最棒的,我这个当队长的尤其觉得光荣。

五、真人CS对抗战

今天,我们要打"真人CS对抗战"。

我们连三十五个人要分为两队:黑队十八人,白队十七人,我在白队,比对方少了一个人。教官给每人发了一把CS激光自动机枪,可以单发、连发,无后坐力。当激光射中对方的头部时,对方就会掉一次"生命值",如果凑巧打中了对方的枪口,对方就要掉两次"生命值",当然,枪口对枪口是最难的。而每个人的"生命值"一共只有五次,掉完了,头上的对讲机就会说:"您已阵亡,请回出发点待命。"

我们按教官的指导戴好护膝、护肘,穿好防弹背心,戴上野战帽,进入各自的阵地。我一看自己的队伍,顿时觉得好委屈:怎么小个儿都在我们这儿,牛高马大的都在黑队。这时只听得教官一声令下,远处的黑队黑压压地向我们发起进攻,我们用火力对他们进行了压制。但很遗憾,我们最后还是被打败了。

好消息是:在失败的队伍中我的个人成绩是第一名。

六、战场上的伤兵

打真人 CS 对抗赛,最受苦的要算是我的膝盖了。因为夏令营出发之前,我骑自行车不小心摔了一跤,把膝盖摔破了。老妈很担心,她叫我每天晚上洗澡前贴创可贴,洗澡后搽紫药水。两天过去了,痂也结上了。可是打"真人 CS"那天下雨了,地很潮湿,裤子也全湿了,我那刚结上的痂粘到了裤子上。晚上脱裤子的时候特别痛,痂掉了,还出了血。整个夏令营期间我的膝盖都受罪:裂开一次,合拢;合拢了又撕裂。每次脱裤子的时候,我都会把裤腿拎得高高的,这样新结的痂才不会掉。

白天我忍着痛参加训练,跟大家一样活蹦乱跳,晚上几乎每个看见我的人都会问:"你的膝盖怎么啦?""紫色的是什么?"每当听到这样的问话,我心里都暖暖的,我觉得我们这个集体真好。

七、遗憾总是难免的

整个夏令营活动中,我们最期盼的是坐竹筏、打水仗和溜索。我是第一批被安排坐竹筏的,我甚至想象着将脚伸到水里去划水,手轻轻地抚摸水面,望着两边的青山缓缓后移……谁知天下雨了,我们只好套上雨衣,穿好救生衣,但是雨像子弹一样下下来,吓得我们赶紧逃到了亭子里。

有调皮蛋当起了气象预报员:"同学们,好消息是雨小了,坏消息是水位提高了。"我探头往亭外一看,雨水已经齐台阶了!雨真的下得特别大,最后我们的活动被取消了。

大家都非常遗憾,看来只能明年再来体验了。

八、我们不幸中"弹"啦

原以为周四我们都可以平安回家了,谁知"灾难"从星期三的晚上就开始了。

我们连另外一个小队的旗手晚餐时吃了一个肉丸就没有胃口了,晚上也一直没精神。辅导员老师发现后马上给他量体温。不量不知道,一量吓一跳:39.9℃!立马送医院。

半夜里我也呕吐了,枕边吐了一大堆,早上起床后花了好多时间才把它打扫掉。我心里想,我是不是也"中弹"了。跟我住在一个房间的夏子骞也想呕,但是吐不出来。还没到吃早餐的时候,很多小朋友都呕吐了。最后,我们连三十五个人全倒下了。

妈妈们很担心,后来才知道是因为那个肉丸不新鲜,医生说是食物中毒。

四天的夏令营,我们没有倒在"战场"上,竟然被一颗小小的肉丸"射"中了。(2020-08-18)

我的露台植物

一

春天到了,我家的露台又热闹起来啦!

几株喇叭花从土里顽强地冒了出来,渐渐地长出了绿色枝条,它们像有眼睛似的,拼命地往花架上爬,爬着爬着花苞就长出来了。喇叭花今天盛开了,玫瑰红的颜色非常鲜艳。美丽的喇叭花像一只只小喇叭,张着嘴,向天歌唱。(2021-05-10)

二

黄瓜苗的新叶毛茸茸的,好像一把小锉刀,老叶子扎扎的,上面的茸毛像刺猬的刺一样尖锐。丝瓜叶比较温柔,却像被一条馋虫啃过了似的残缺不全。今天发现了一根绿绿的小丝瓜。(2021-05-20)

三

奶奶去年买的一盆草莓,度过了冰冷的冬天,春天的太阳温暖了它,绿绿的叶子间开出了白色的小花,很快结果了。

我每天去看青绿色小果果,发现它一天比一天大,一天比一天红,我想等它熟透了再吃。没想到鸟儿捷足先登,把它吃了个精光。之后我就给果果套袋子,想把有机水果留着喂自己。(2021-06-02)

四

去年的西红柿苗是结小果的苗,今年的西红柿苗是结大西红柿的,好像比去年的好养。现在枝上已经挂满了青绿色果果,有两颗变成了淡橙色,可惜没等成熟,就掉在地上烂了。现在我最想的是让果果快快熟透,我馋馋地盼着一碗美味的西红柿土豆泥噢!

很多事情都是不由人做主的。

今年的大西红柿挂果多,却一点也长不好,大大的棚架都撑不住了,枝条弯腰弯腰再弯腰,掉果掉果再掉果,最后果果都烂在泥里了,用自家地里的西红柿做西红柿土豆泥成了梦。我问曾经种过地的爷爷,爷爷也说搞不清楚。植物不听话的时候,一点办法也没有。(2021-06-04)

五

今年的玉米意外地长得好,似乎不用花力气,就能跟着太阳和雨露长大。开始是苗苗,后来长成了壮壮的植株,再后来鼓鼓的包隆起了,再后来,玉米须须露了出来,软软的,金黄色的。我和它们合了影,期待成熟了可以煮来吃,一定比买来的可口!(2021-07-07)

六

收获玉米了,不过不能像农民伯伯那样"批量"收割,只能成熟一个掰一个,最好的时候可以一次收获两个。爷爷说这已经是高产了。自己种的玉米很糯,口感好,我还留了一个给妈妈吃,妈妈也说比买来的香。(2021-09-03)

尾声

我在这个美丽的露台上当了两年的小园丁,懂得了每一种植物都有它自己的生长规律,我与花果结下了不解之缘。可惜进入三年级以后,我就要搬家了。

亲爱的露台——再见!(2021-09-04)

我心中的英雄——《红船》

《红船》是庆祝中国共产党建党百年的献礼电影,我有幸在电影全国播放之前的 6 月 30 日就进入影院观看,还与著名的编剧黄亚洲爷爷合了影。

虽然黄爷爷在电影播放之前对观众说放映结束时可以和小朋友合影,但没想到,电影一结束一大帮人都围住了他,其中有比黄爷爷老的老爷爷老奶奶,也有与爸爸妈妈差不多年纪的人,还有三四岁的小弟弟小妹妹们。我好不容易挤了进去,黄爷爷扶住我的肩膀,我的肩膀感到暖暖的。

奶奶说黄爷爷写的书叠起来比我的人还高,他是影视编剧中的红色明星,并且还是小说家、散文家和诗人。我上百度查了一下,《开天辟地》《上海沧桑》《历史转折中的邓小平》等,都是他担任编剧的。他获过的国家奖和国际奖有十几个,真的太了不起了!

我们看的电影《红船》,是讲中共一大会议从上海搬到嘉兴的故事。红船精神的核心是:不忘初心、牢记使命!

那一天,很有意思的是我手上的电影票不叫"电影票",而是赫然印着两个字——船票!

看来每个手握"船票"的人都坐上了"红船"! 你说有意思不?(2021-07-21,刊于《小学生时代》公众号)

家门口的燕子窝

奶奶家楼梯的转角上方突然有了一个燕子窝。

燕子们衔泥筑窝的时候,爷爷说在这种没有支撑力的地方建燕窝,肯定筑不牢。刚开始筑时果然跟爷爷说的一样,燕子衔泥粘上去又掉下来,往复多次,但它们锲而不舍,经过一个多星期的努力,终于成功了。一个形状像碗一样的燕窝牢牢地粘在墙上了。

难道燕子搭的窝是给自己住的吗?每天只见它们飞进飞出,也不知道它们在干什么。有一天我放学回家,发现有五只小鸟在窝沿上,它们大张着小嘴巴,在等燕子妈妈喂食。啊,原来燕子妈妈筑窝是为了生孩子。晚上我做完作业,发现五只小燕子张大了嘴巴叫着,燕子妈妈一阵风似的飞到了它们前面,喂了几只虫子,又一阵风似的飞得无影无踪。过了没多久,另一只燕子嘴里叼着几只虫子又飞来了,燕子妈妈燕子爸爸好辛苦啊!

有一天我看到一只小燕子站在水泥扶栏上,焦虑地走过来,走过去。我抬头看了一下燕子窝,发现其余四只都不见了,奶奶告诉我其他4只已经学会飞翔啦。这只小鸟胆子很小不敢飞,还惊恐地望着远处的燕子妈妈燕子爸爸。两只大燕子在它的旁边转来转去,好像在说:孩子加油,孩子加油!最后小燕子扑腾了两下,"嗖"的一下飞走了!

我想小燕子从此就学会飞翔了吧。

据说燕子是益鸟,一年能吃掉好多虫子呢!我去查了一下百度,不查不知道,一查吓一跳,燕子180天能吃掉100多万只害虫!还说,燕子的飞行速度是98米/秒。这速度也太快了吧,我们小学生跑100米的达标要求是15到18秒,看来我们的脚是永远比不过它们的翅膀的。

现在家门口的燕子窝还在,我每天看它们飞进飞出。燕子是候鸟,它们什么时候会离开我们南飞呢?等明年春天飞回来的时候,谁又会来住这个燕窝呢?这个问题可能只有燕子才能回答噢。[2021-07-29,刊于《未来作家》(低小)2021年11月号]

采蘑菇

有一只叫亮亮的小白兔,最喜欢的食品是蘑菇派。

今天,亮亮又嘴馋了,可是家里的蘑菇没有了,怎么办呢?哈,到河对岸去采不就行了嘛。它随手抓起一只篮子向河边走去。

亮亮走到河边就傻眼了:"小河怎么变成了大河呢?"这时正在河边喝水的大象接话了:"你要过河吗?"亮亮点点头,大象笑了笑,用它长长的鼻子把亮亮送到了自己背上,然后大摇大摆地渡水过了河。亮亮采了一大篮蘑菇再次来到河边时,发现大象伯伯还在,便开口说:"象伯伯,太谢谢您了!"说着,亮亮一蹦,跳到了大象的背上,开开心心地过河回家去了。

到了家,亮亮尝了自己做的蘑菇派,觉得比店里买来的要好吃多了,它就装了一些,给大象伯伯送去。(2021-04-02)

西湖的春衣

春天来了，春天来了！

我们全家都脱掉了厚厚的棉袄，从黄龙洞登山，翻过了高高的宝石山，美丽的西湖就立刻展现在眼前。

湖边的游客很多，长长的白堤上，红艳艳的桃花盛开了，柳枝垂下了柔柔的绿丝绦。

断桥边，有很多借着春风满天飞舞的风筝，有蝴蝶风筝、燕子风筝、糖葫芦风筝等，最有趣的是一只蝙蝠风筝，由于不好掌控，这只风筝经常要去亲吻湖水，不时激起围观游客的尖叫声。

湖面上散落的游船，像一只只电熨斗，它们在熨烫一件巨大无比的叫作"西湖"的春衣。(2021-03-20)

黄龙洞的故事

　　暑假的每天早上我都会跟着外婆去黄龙洞学打太极拳，里面有一个金黄色的"龙头"，泉水从"龙嘴"里哗哗地流出来，旁边有石刻：水不在深，有龙则灵。

　　你知道黄龙洞的故事吗？传说在距黄龙洞不远处的紫云洞里住着一大一小两条黄龙，大黄龙总是喜欢做坏事，而小黄龙却热爱做好事，但小黄龙被大黄龙管住了。一天小黄龙看大黄龙睡熟了，便从洞口钻了出去，它驾着紫云发现山脚下的山村燃着熊熊烈火。不得了了，它赶紧引西湖的水去灭火。很快，火是灭了，可小黄龙也牺牲了。人们为了纪念它，就在它的坟头塑了一个"龙头"。没想到的是，从"龙嘴"里涌出了涓涓不绝的泉水，永不干涸。

　　这个美丽的传说就在这些晨练的老爷爷老奶奶的嘴里传诵着。有个老奶奶是好几所小学的武术教练，她就像小黄龙一样热爱做好事，她收的太极学生有一百多个，可是一分钱也没有收过。

　　你知道吗？我也是她的学生，和我一起在黄龙洞学太极拳的小朋友有七八个，都是一分钱也不交的。(2021-07-21)

有趣的萝卜

"冬吃萝卜夏吃姜。"这是一句民间谚语,冬天吃萝卜是可以下火的。

这段时间,兔子家族就有人上火了。兔弟弟牙痛,它捂着腮帮子掉眼泪。兔哥哥拉起弟弟说:"走,我们去拔萝卜吧! 哥帮你消消火!"

兔子家的萝卜地真大,萝卜也真多,壮壮的萝卜都把大脑门顶出了泥土。哥俩发现了一个大半个身子都裸露在地上的胖萝卜。两个人用了吃奶的力气才把萝卜从地里拔了出来。

它们打算把萝卜带回家,可是萝卜太重了,得两个人一起抬。于是它们一人抬着头一人抬着尾回家去。

走到半路,兔弟弟的牙又开始搞恶作剧了。兔弟弟想:"哥说萝卜可以下火,我就吃一点吧。"哪知道水灵灵的萝卜真爽口,吃上了怎么也停不下来。

这时,兔哥哥抬着抬着,发现萝卜怎么越来越轻了呢? 回头一看:咦,弟弟呢? 难道被狼叼走了? 不会吧! 兔哥哥一边想一边找,最后在草丛里找到了呼呼大睡的兔弟弟,兔弟弟的嘴上还挂着一粒萝卜粒呢! 兔哥哥把他摇醒了,弟弟打了个大大的哈欠:"哥哥,萝卜真灵,我的牙已经不痛啦!"

兔哥哥拉起兔弟弟,挨肩搭背地回家去了。(2021-04-10,看图写话,第五单元小练习)

未来当个建筑师

我的理想是当一名建筑师。

你知道世界第一高楼哈利法塔有多高吗？它有一百六十二层，八百二十八米高。把我们三个小学生操场的长度加起来也没它高。我不敢想象，站在它的顶层往下看，会是一种什么样的感觉。我家住十八楼，站阳台上往下看，地上走路的叔叔阿姨比一支铅笔高不了多少，我想，如果从迪拜塔顶层往下看，也许一个大人只有一颗米粒大了吧。

未来，我想把住在高楼里的居民们请出来，都住进一层或两层的矮楼里，与森林里的动物为邻。那样，羚羊随时可以来敲门，小松鼠会从窗子里跳进来，小猴子会邀请我们去参加它们的动物大会……那该多有趣啊。

那样，我们不就和大自然融为一体了吗?(2021-03-30)

放风筝

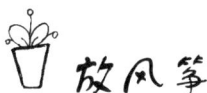

五一劳动节,我们一家到诸暨开元酒店的芳草地玩。这里碧空如洗,万里无云。

酒店里有许多网红玻璃船,还有一大片绿茵茵的草地。一阵风吹来,唤醒了我们放风筝的兴趣。

最先,我看到有人把一只哆啦A梦风筝放飞得老高,我们好羡慕,也想玩一下。于是赶紧到"荫凉补给站"买了一只"蜘蛛侠"大风筝。不知道是不是因为感动了天神,当我们刚把绳子和风筝绑在一起时,风筝就被春风一摇一摇地带上了天空。

我的风筝很漂亮,蜘蛛侠鲜红的紧身衣在蓝蓝的天上特别耀眼。

草地上有许多人在放风筝,春风挺顽皮的,一会儿向东吹吹,一会儿向西吹吹,风筝也随之摇摆起来,一只一只的风筝常常被摇得东倒西歪,有时候还会"打架",打得不可开交时便会一头跌到地上"熄火"了。也有时候,春风不依不饶,让风筝扶摇直上,我被手中的线勒得生痛,但是再痛我也不放手。有一次,线圈上的线都快放完了,风依然不肯停歇,我大喊着"爸爸救我"……

放风筝挺好玩的,有点像与春风斗智斗勇,还需要用点力气。那一天,我玩得特别累,晚饭多吃了一碗。(2021-05-03)

神奇的蛋壳

　　大清早,耀眼的阳光洒在大地的每一个角落,蝴蝶斑斑、毛毛虫小绿和蚂蚁珍珠一起到草地上玩耍。无意中他们发现了一个鸡蛋壳,珍珠提议:"把蛋壳做成一个跷跷板吧?"说完它就找来了一根扁平的木片,小绿拔来了一条长长的草,斑斑再把木片和蛋壳用草绑在了一起。珍珠和小绿一起一伏地玩着跷跷板。

　　过了一会儿,珍珠说:"我很想知道天空中的云朵到底是甜的、咸的还是苦的。"两个小伙伴你看看我,我看看你,又望望高高的天怀疑珍珠是不是傻了,谁知珍珠灵机一动,又对伙伴说:"我们可以把蛋壳做成热气球呀!"话一说完,大家就乐了,于是说干就干。

　　它们先把蛋壳翻过来,再接上了四根绳子,然后,在绳子的另一端接上气球,一个热气球就完成了!风哥哥轻轻一吹,三个小伙伴在天空中自由翱翔,把云朵是什么味道的问题抛到了九霄云外。

　　到了下午,雷公公和雨爷爷发火了。雷公公重重地敲响了它的雷鼓,轰隆隆,一道闪电滑过天际;雨爷爷也不甘示弱,它把一个个巨大的水桶里的水倒向人间。霎时,大雨倾盆。这时斑斑它们又齐心协力,把蛋壳翻了过来,现在,这个蛋壳就成了它们的临时避雨棚,爽极了!

渐渐地,天黑了,雨也停了,星星困得眨起了眼睛,好像在说:"夜深了,该睡了。"于是它们把蛋壳再翻过来,再往里面放了些干草,然后放进一块土,当作枕头,蛋壳被做成了一个"摇篮"。最后,它们纷纷跳进"摇篮"里,开始进入香甜的梦乡。

三个小伙伴度过了这么有趣的一天,它们想,明天一定会更美好吧!(2021-07-06,看图写话,命题作文)

元 旦

今天下午,我们学校举行了"环球旅行记"元旦狂欢节。学校让每个班扮演一个国家,我们二(5)班扮演加拿大,于是我们的教室就变成了加拿大的冰球场。

我们旅行的第一站就是冰球场。很幸运的是我的第一棒打进了对方的球筐里,得到了一张"最佳冰球手"的获奖证书。也许荣誉来得太突然了,我居然没有体验到获奖的快乐。

我们旅行的第二站是二(6)班,也是让我觉得最有趣的一个地方。他们扮演的是日本,共有五个项目,而我们小队只有四个人,我玩了猜谜语和折千纸鹤,队员胡宇宸用超轻的黏土做了寿司,刘蒲祯也折了千纸鹤,潘胤凯去猜了谜语。最后我们拿着自己的积分去兑小礼品,大家都很开心。

元旦活动让我们不出校门就游遍了世界,真不亦乐乎。

(2021-01-07)

方寸之间，世俗之外

你知道吗？家是可以移动的。今年春节的时候，我把家挪到了山水之间——一个叫作"方外"的小村庄。

我们的房子在半山腰上，出门是一条弯弯的山道，走几步便可以进入青青的竹园。有风吹过，竹叶沙沙作响，走出竹园，只见连绵起伏的山峦围着一汪绿水，但它不是湖，而是美丽的富春江的一部分。

清早，大雾弥漫，山看不见，水也看不见了，也许只要我走上几步，别人也看不见我了。这时我看见了一张挂在木栅栏上的蜘蛛网，哇，每一根蛛丝上都有星星点点、晶莹剔透的水珠，在雾气迷蒙的环境里出奇漂亮！

奇怪的是蛛网的主人不在家，它去哪儿了呢？我想我不怕雾，难道它还怕雾吗？接近中午的时候，雾慢慢地散去了，把青山绿水还给了我们。

我们远离了都市，远离了高楼大厦，来到这个听不见汽车轰鸣和人群喧闹声的小村庄，向上有山可爬，往下有江河可游，有一只小船飘隐在雾气里，很有诗的意境，让我们在这个移动的家里享受着山水的野趣。据说，小山村有一句广告词："方寸之间，世俗之外。"而我觉得它很像传说中的桃花源。（2021-02-17）

校园的花坛

　　早晨,当太阳洒下第一缕阳光时,校园的花坛像被太阳施了魔法,喇叭花含苞待放的花骨朵已经准备吹响她的喇叭了。同时,爬山虎准备爬高耸入云的房屋,可土爷爷却死死地拽住了它,生命力顽强的爬山虎怎么会善罢甘休呢?他一边请杜鹃花姐姐帮忙,一边慢慢地,以别人注意不到的速度往上爬,时不时往后看看杜鹃花姐姐,杜鹃花正在给土爷爷跳着优美的芭蕾舞。

　　土爷爷怎么会中这调虎离山之计呢?他一边假装看跳舞,一边像牵着氢气球一样拉住爬山虎。爬山虎一看,觉得时机已到,本想登上屋顶去享受阳光的洗礼,可是让它万万没想到的是土爷爷根本不松手。杜鹃花跳着跳着渐渐体力不支,便灵机一动:跳舞吸引不了他,那就和他聊天吧。和土爷爷喝茶聊天,这一招真管用,土爷爷松了手,脸上露出了和蔼的微笑,爬山虎立马一鼓作气登上了屋顶。

　　有第一个就有第二个,爬山虎爬上了房顶之后,喇叭花、迎春花、凌霄花……都顺着刚开辟的道路爬了上去。房顶自然而然地就变成了一片大花园,为美丽的校园增添了色彩。

（2021-09-17,三年级现场作文大赛,40分钟完成）

谁是小偷

小鸟来过了。

那为什么果果还在呢？

奶奶说

它们看了看飞走了。

我就把果果切成两半，

一半我吃了，

一半留给明天的鸟儿。

想吃肉的小蚂蚁

一个小朋友的家门前住着一窝小蚂蚁,原本他们每隔几天能吃到小主人吃剩的美味大餐,但是随着人类环保意识的加强,小朋友都不随意扔食物了,所以小蚂蚁们已经很久没吃到荤菜了。

蚂蚁队长提议,大家分头行动,去找找肉吧。

蚂蚁们纷纷点头,可是找了一整天,就是没有找到肉。这时,一只苍蝇突然落在了他们附近。蚂蚁们高兴极了,正想爬过去,哪知苍蝇轻轻扇动了几下翅膀就飞走了。苍蝇左飞飞右飞飞,好像在跟蚂蚁们玩捉迷藏,累得蚂蚁们满头大汗,筋疲力尽。

这时小蜻蜓也赶来凑热闹,问:"你们在玩什么游戏呀?"小蚂蚁们理直气壮地说:"苍蝇是害虫,我们要把它当晚餐吃掉! 但我们抓不到他,你能帮我们捉住那只苍蝇吗?"蜻蜓听了,大方地回答:"好的,这件事包在我身上!"

苍蝇哪是蜻蜓的对手,蜻蜓没飞几下就把苍蝇给抓住了,并送到了小蚂蚁们的面前。

"你们冰箱里没有肉了吧,好久没吃荤菜了吧?"蜻蜓诡异地笑笑,拍拍翅膀飞走了。(2021-10-15)

西湖的早晨

西湖的早晨，

游客很少。

湖里却很热闹，

大家都在等候一个新朋友——

一只漂亮的蓝蜻蜓！

蓝蜻蜓飞来了，

荷花啊，荷叶啊，都朝它微笑。

它轻轻地落在了一朵尖尖的小花苞上，

向朋友们扑扇着

蓝莹莹的小翅膀表示感谢。

啊，这不是杨万里诗中的情景吗？

小荷才露尖尖角，

早有蜻蜓立上头。

生机勃勃的早晨，西湖真美！(2021-09-08)

有趣的蟋蟀

　　我养过很多昆虫，其中最有趣的就是蟋蟀了。它们有一对复眼，有两个鞘翅，粗壮的大腿上还长着尖锐的小刺，整体为黑色，越强壮的背越黑，也越好斗。

　　我给它们喂过苹果、米饭、青菜，还有水，没想到它们最喜欢吃苹果。我把一小块苹果放进去，蟋蟀用像钳子似的嘴巴三口两口就吃完了。可我不明白，它们为什么这么喜欢吃苹果呢？我也喜欢苹果，难道它们也有舌头，也能品出鲜味来吗？我还发现它们根本不喜欢吃青菜，扔下去的青菜动也不动，直到烂掉为止。看来蟋蟀也很挑剔呢。

　　蟋蟀会唱歌，唱得最好听的时候是我读英语时。它们啾啾地叫，像为我伴奏似的，可好听了呢。

　　我先后养了二十多天蟋蟀，只给它们吃好东西，而在我们上课的那个群里，给蟋蟀喂昆虫、果冻的人说，他养的那只活了几天就死了。昆虫老师说果冻里面有防腐剂和色素等，不健康哦！[2020-09-16，刊于《未来作家》（低小）2021年1月号]

萤火虫

夏天的夜晚

我有一个翠绿的梦

几只萤火虫

从窗外飞来

像一盏神奇的台灯

照亮了

我枕边的童话书

梦中

我也是一只萤火虫(2021-09-20)

我的朋友仲添

　　我的朋友仲添,个子比我矮,耳朵却比我大得多,像两把大蒲扇。他活泼可爱又机灵,蹦蹦跳跳像一只小猴子。他是我们的体育委员,跳绳跳得飞快。

　　我俩都喜欢开卡丁车,因为很刺激,很减压,所以我俩觉得开起来很爽。有一次,由于没有掌控好方向盘,我在一个发夹弯处被夹住了。这时候只看见仲添开着车从坡上冲下来,"砰"的一下把我撞了出来,而自己却被惯性夹在了发夹弯。我赶紧把油门踩到了底,"嗖"的一下冲过去把他救了出来。

　　这时有个叔叔故意把自己夹进了发夹弯里,两眼直直地望着我们,仲添立刻像英雄一样"飞"了过去,把叔叔救了出来,却又把自己夹了进去。我见了又赶紧去撞仲添,结果,他出来了,我却被夹住了。那个叔叔却故意乐呵呵地望着我,让我自己想办法退出来。

　　在卡丁车场里,我俩是好玩伴,在生活中我们也是好朋友。

草莓熟了

一

露台上有一盆草莓，
红红的果子像火山，
绿绿的叶子像翡翠。
我放学回家
第一件事就是冲上楼，
看一下草莓红了几颗？

二

草莓花儿还在开，
红果果青果果
一颗又一颗，
看着好想吃。

三

草莓盆里
又有一颗果果红了。

奶奶说

今天有小鸟来过了。

四

那为什么果果还在呢？

奶奶说

它们看了看飞走了。

我就把果果切成两半，

一半我吃了，

一半留给了明天的鸟儿。(2021-10-15)

西溪河边

晚上我和爷爷奶奶在西溪河边散步。

我发现清澈的小河把整个世界都倒过来了,河中的树就像一把把蒲扇,河滩边的小植物倒映在水中,就像绿绿的海草,轻轻地荡漾。我发现河面上还有一个个小圈圈,这是什么呢,难道下雨了?我抬头看了看天,发现并没有下雨呀,但为什么会有这么多的小圈圈呢?奶奶说,这是鱼儿在水中吐泡泡。这时候我低头仔细看去,泡泡的下面果真是一条一条的鲴鲦鱼。

奶奶说,我生下来的时候,西溪河还是一条臭臭的河,行人走过,都会捂住鼻子,经过治理,才有了今天这条美丽而生动的河流。(2021-09-27)

蚂蚁旅行记

　　蚂蚁一家五口要去旅行。爸爸说远处的高山上有很美很美的风景。妈妈说那么远怎么过去呢？三个儿子指指头顶掠过的蓝蜻蜓说："请蜻蜓哥哥帮帮忙吧。"蜻蜓听到了，看了看他们说："你们这么多人我驮不动，我去喊我的朋友来吧。"于是，很快跟来了两只红蜻蜓、两只绿蜻蜓，降落在他们身边。然后每只蚂蚁一架私人"飞机"，开始了奢华的空中旅行。

　　从天上往下看，万物都变小了。山川河流房屋都像是玩具，丛林是一片绿色，鲜花也只是深深浅浅的红，夕阳西下，大地一片金黄。

　　很快他们降落在高山的一个草坡上，那里姹紫嫣红，花香冲天，美丽极了。蚂蚁一家东游西荡，很快儿子们觉得肚子空了，饿得哇哇叫。蚁爸爸却咯咯地笑起来："小子们，你们抬头看看，什么东西不能吃？小心，别撑破了肚子！"

　　三兄弟四下望望，相互做了个鬼脸，很快隐入花丛不见了。

　　回来的时候，不仅每个人吃得肚子溜圆，还背的背，拖的拖，拉来了许许多多粮食，叠起来，堆成了小山。正当三兄弟开怀大笑的时候,才想起刚才下"飞机"时连声"谢谢"都没说,现在要回家了,才惦念起蜻蜓哥哥。蚂蚁妈妈望着三个傻小子,他们嘿嘿地笑着向天上招招手:"蜻蜓哥哥——"

蓝天上,蜻蜓哥哥身后有一个"飞机纵队",浩浩荡荡,神气极了……(2021-11-03)

和月亮一起庆生

你知道吗？月亮也有生日，农历八月十五就是她的生日。

很凑巧，今年我的生日和月亮的生日撞上了……

和月亮一起庆生

　　一个人出生的这一天，就是他的生日，我的生日是公历9月21日。你知道吗？月亮也有生日，农历八月十五就是她的生日。很凑巧，今年我的生日和月亮的生日撞上了，也许这是千载难逢的哦！

　　晚饭后，我们兴奋地带着蛋糕来到浙江大学西溪校区的杉树林里，找了一张小石桌，摆上蛋糕，点上了蜡烛。在幽暗的树林子里，亮亮的蜡烛像一个小小的孔明灯。我们本来想一边赏月一边吃蛋糕，可是左等右等，也等不到月亮的到来。

　　难道月亮忘了今天是自己的生日？

　　我想，月亮肯定是睡着啦，觉得自己这一年太累了，想睡个大懒觉，所以大家也不再等她了。于是我们就开始吃蛋糕，吃完蛋糕，收拾完垃圾，我们便在草地上散步。走着走着，我突然看见高高的树梢旁边有一个亮闪闪的东西，原来是月亮终于睡醒了出来了。我大叫着，踢掉鞋子，光着脚丫在草地上狂奔，老爸也像小孩子似的打起了虎跳，我又跟着老爸后面翻跟头，而爷爷奶奶则在旁边起哄，偏要我"连滚翻"，真奇怪，我居然连续翻了三个跟头。

　　浙江大学与我家有缘，爷爷、奶奶、妈妈都是浙江大学毕业的，我也是在浙江大学幼儿园上的幼儿园，我希望长大后也能考上浙江大学。（2021-09-21）

"乐高"是我的朋友

"乐高"是积木,它们进屋的时候只是漂亮盒子里的小块积木,有的只有我的指甲盖那么大,那个时候它们是没有生命的。

通过手工劳动,我按照图纸把每个零件拼装起来,搭就了与盒面上一模一样的图像。这个时候,我手中的"乐高"就有了生命,它成为我的好朋友。

每个"乐高"都有自己的个性特点,有的会走路,有的会跑步,还有的可以发射炮弹,更高级的甚至可以说话。但是说话是需要编程的,不过对我来说也不太难,因为这是一件极有趣的事情,编成了,它们就能说话了,还会回答问题,与人互动,玩"你讲我猜""石头剪刀布"和"打地鼠"那样的游戏。这时,这个经过编程的积木就变成了一个有血有肉的、我十分心仪的同伴,我会觉得特别有成就感,开心得不得了。

我最喜欢的事是和它们玩发射"炮弹"。它们像长了眼睛似的,我把靶子放在哪它们就往哪儿发射,真的机灵极了。

有趣的一次经历是在"乐高"课堂上,那次搭的是电动陀螺。我们搭好了,就开始玩陀螺比赛,我们让陀螺从坡上滑下来,看谁的滑得最远最快。这个比赛是很有技术含量的,因为板子又窄又长,陀螺很容易就掉下去了。但不管是谁赢了,大家都会开心得又蹦又跳。

最早开始玩"乐高"是妈妈带我拼。后来,我可以尝试着自己拼了。四岁,我就可以独立拼搭,一直拼到现在十岁。

两岁时我拼五十多粒,三岁试着拼一百粒,四岁两百粒,五岁四百粒,六岁七百粒,七岁八百到九百粒,八岁一千粒,现在我最高可以拼一万粒了。

"乐高"与我有着亲密的关系,特别是我心情不好的时候,玩玩乐高,心情就会变好。"乐高"还使我找到了乐趣,有时候我可以试着不看图纸,拼一些自己创作的"乐高"模型——航空母舰、骷髅基地、小猫游艇……

我现在一共有八十多个"乐高"——"幻影忍者""西游记"和"太空飞船"等系列。白天它们在书橱里为我站岗放哨,晚上上床后,我望着它们,还会在心里跟它们说一会儿话。有时候我也会想起搭建它们的时候,一搭就要搭上好几个小时,可以忘了吃饭、喝水,甚至可以从早上拼到天黑。有时候,肚子饿得咕咕叫,外婆把饭端到我面前我也不想停下来。

我喜欢"乐高","乐高"也喜欢我。最近有一件事很有趣,数学课的回家作业,我运用了"乐高"编程课上教的方程式解题,老师说,结果是对的,但课堂里没有教过,不可以用。

而回到家里,爷爷也很奇怪,问我哪里学的,我很得意地说是"乐高"课上教的。

玩"乐高"真的很有趣,既可以锻炼我的思维能力、动手能力,也可以丰富我的想象力。(2021-10-13)

石　榴

　　石榴5月开花,10月结果,所以10月市场上就能买到石榴了。成熟的石榴,圆圆的,紫红色中夹带着微微的黄色,果皮厚厚的,有亮亮的光泽,果子顶端的花萼像一个美丽精致的小果盘,别致极了。

　　掰开来,里面有多个室,室与室之间由浅黄色的薄膜隔开,每室内有很多颗晶莹剔透的果粒,像一颗颗小水晶。一口咬上,果粒去会像水枪似的汁水四溅,香味满嘴都是。但中国本土的石榴里面的籽很硬,不能直接吃下去。从突尼斯引进的软籽石榴籽很软,可以连籽一起吞下肚子,酸酸的,甜甜的。我特别喜欢这种味道鲜美的石榴。

　　石榴不仅味道好,而且营养丰富,维生素C的含量是苹果的一到两倍。石榴能醒酒,也能酿酒,还能榨成好看又好喝的果汁。

　　有一个传说,石榴是女娲补天剩下的一块石头,落在人间,长成了一株讨人喜欢的果树。又由于石榴的颗粒数量特别多,老百姓就把它看作是多子多福的象征。在古代,它与桃子、佛手合称为三大吉祥果。(2021-11-06)

放学路上

秋天是一个丰收的季节,在我的眼里,秋天也像春天一样是个五彩缤纷的季节。

中秋快到的时候,回家的路上弥漫着桂花浓浓的香味,抬头望去,星星点点的小花金黄。秋风拂过,枝叶摇动,桂花纷纷扬扬地飘落,我伸手一接,掌心都香香的。

在我回家的路上还有一种树异常美丽。当我们穿上秋衣的时候,凛冽的秋风把银杏树的树叶染成了亮黄色,一树一树的亮黄像一个一个的火炬,在夕阳里熠熠生辉。当我背着书包从银杏树下经过的时候,心里非常舒畅。

在我放学的路上,马路中央的花道上,绵延的菊花就是主角。哦,你问我凭什么它就是主角?因为在冷飕飕的深秋,其他的花都已凋零,菊花枝头的花也已经谢了,但它还是笔直地立在土里,苏东坡的“荷尽已无擎雨盖,菊残犹有傲霜枝”,写的就是这种精神。

放学的路上有一路的风景,能不能发现美,就看你有没有一双发现美的眼睛了。(2021-09-20)

奇特的海洋生物

　　在蔚蓝的大海里，生活着众多海洋动物，今天我们就来看看吧。

　　海底虽然黑暗，却也是五彩缤纷的地方，比如海底有珊瑚，透明的水母，生动有趣的小丑鱼和长着大大的眼睛、短短的小尾巴、体上长满斑点的海龟等。

　　先说海底的珊瑚吧。珊瑚奇形怪状的，有的像雨伞，有的像蒲扇，有的像玩耍的孩子。小丑鱼身穿黑黄相间的礼服，在珊瑚丛中穿梭往来，好像在接受大海的考验。也有一些小丑鱼在海龟的龟壳上品味着上面的附着物，而海龟似乎也习惯了这样的共生方式，只管自己优哉游哉地"散着步"。有时候，海龟还会慢慢地爬到岩石上，头抬得老高老高，也许它是在享受暖暖的日光浴吧！

　　那些在海面上盘旋飞翔的海鸥，像是在与海浪赛跑，它们在海浪下降的一瞬间，像一支支离弦的箭一样冲向大海，瞬间，海浪将它们的身影吞没得无影无踪。没过一会儿，只见海鸥从大海里冲出来，嘴里都叼着一条鱼，它们慢慢地把这条鱼吞了下去，美美地饱餐了一顿。海鸥真的是捕鱼高手啊！

这就是海洋，美丽动人的海洋，奇特有趣的海洋。
（2021-11-12）

（《富饶的西沙群岛》是人教版小学三年级上册的课文，上完了语文课，老师要求下一节课立马仿写课文中第二段，我用了三十分钟完成了仿写。）

橘　子

　　果园里数不胜数的水果中,有甜津津的苹果,有水灵灵的桃子和梨,等等,而我最爱的是香甜可口的橘子!

　　未成熟的橘子黄中有绿,好像披着一件硬硬的皮大衣,上面长着可爱的雀斑,摸上去坑坑洼洼的。成熟的橘子圆中带扁,大小不一,有的像小灯笼,有的像可爱的胖娃娃,有的还带着绿色的小橘把,很像一个精致的小皇冠,神气极了!剥开来,橘瓣软软的,晶莹剔透,像含苞欲放的花骨朵。咬一口,只听见"哧"的一声,橘子汁像水枪似的发射,汁水四溢,满口清香。

　　橘子不仅是美味的水果,而且它全身是宝。橘子皮晒干放久了,成了陈皮可以泡茶喝、煮汤喝,有提神醒脑、理气化痰的功能,是一味含有丰富维生素的中药。而橘叶具有化瘀散结、疏肝行气的功效,网状的橘络还可以化痰止咳。

　　我最喜欢的橘子也是有缺点的,比如吃多了就容易上火,这就像生活中的事情一样,不会有十全十美的。所以我们吃东西和做事情一样,不能贪心,都要适可而止。(2021-11-04)

夏夜音乐会

　　夏天的夜晚,小动物在森林中开着音乐会。萤火虫提着小灯笼四处飞舞,仿佛把天上的星星带到了地球上,照亮了音乐会的夜空。音乐会开始了,蝴蝶们翩翩起舞,跳着美丽的舞蹈,小鸟们叽叽喳喳地叫着,为蝴蝶们伴奏。这热闹的场景,把田野里的青蛙都吸引来了,青蛙们呱呱呱、呱呱呱地叫着。蟋蟀的叫声,就像我们体育课上老师吹的哨声一样,整齐又响亮。最后一个节目是动物们的大合唱,大家齐声高歌,就像一个大乐团,在演奏着一首夏夜的进行曲。(2021-11-22)

稻穗也是花

　　秋天,在我们家的果盘里有红彤彤的苹果,有黄澄澄的橘子,有脆脆的梨,还有维生素C含量最高的猕猴桃,长着个毛茸茸的猴儿脸,吃起来又酸又甜,咬一口,鲜得口水都要掉下来。它们都是农民伯伯在果园种出来的哦!

　　今年我们没有去看果园,而是去看了秋天的稻田,我们全家去当了一天实实在在的农民。远远望去,稻田就像金色的海洋,我们踩在松软的泥土上,手上有一把镰刀,像农民伯伯一样抓住一把稻秆,一用力,稻子就割下来了。我们把割好的稻秆放在身边,一路前行。最后我们抱着大把的稻秆去打谷,那里有一个大帐篷,里面有一台脱粒机,我们只要脚踩着踏板,拿起稻秆放入机器,没过几秒钟金黄的谷粒就“沙沙”地落下了,不一会儿木桶里就全是打下来的谷粒。没事干的时候,我就帮他们踩打稻机。结束的时候,农民伯伯还让我们体验了晒稻子的过程,我们拿着猪八戒的“九齿钉耙”,把稻子倒在平坦的水泥地上,用“九齿钉耙”把它们摊平,就算晒上啦。

　　这一天我知道了许多关于稻子的知识。原来我们饭碗里的米粒已经有整整七千年的历史了,还有伟大的袁隆平爷爷研究出来杂交水稻,他不仅帮助了中国人民,还为世界的粮食事业做出了重大贡献。

回家的时候,我们带回了一束稻子,我把它们插入花瓶里,一看到它,我就想起了去稻田的故事。(2021-10-07)

一次特别的生日

　　一个阳光明媚的上午,在三(5)班的教室里,芳芳说:"我上个星期过了九岁生日,妈妈给我买了一个很大的生日蛋糕。"丁丁说:"我也刚刚过了九岁生日,生日那天,是我们全家一起过的。"其他同学也在纷纷议论着,只有李晓明一个人垂头丧气地在一旁听着一言不发。原来李晓明也快过生日了,但是他爸爸妈妈都在外地工作,谁来为他过生日呢?芳芳和丁丁知道了晓明的心思,他们私底下商量着怎么能让李晓明过上一个别开生面的生日。

　　李晓明生日那天,背着书包的李晓明刚要跨出校门,一个同学拦住了他:"李晓明看后面——"只见同学们抬着一个巨大的生日蛋糕走来,蛋糕上面还有一部手机,每个同学都送上了对李晓明的祝福。一打开手机,屏幕里出现的正是李晓明的爸爸和妈妈!李晓明看到盼望已久的爸爸妈妈,高兴得流下了眼泪。(2021-09-11)

老鹰捉小鸡

"丁零零——"下课了,同学们争先恐后地跑到操场上玩"老鹰捉小鸡"。

身为"鸡妈妈"的我,带着一群"鸡宝宝"与"老鹰"周旋着,我们时而排成 U 形,时而排成 Z 形,不时地变换队形,像一条扭来扭去的蛇。"小鸡"在我展开的双翅下与"老鹰"胜负难定。这时,一只"小鸡"没跟紧,落下了。"老鹰"立马扑过去,我轻轻一跳,"老鹰"就扑了个空,垂头丧气地说:"哎,看来今天又要饿肚子了。"无奈之下只好乖乖投降。

轮到我当"老鹰"了,我比其他的"老鹰""狡猾"多了,一开始我就瞄准了一只"小鸡"扑了过去,也不想想万一扑了个空怎么办。就在我扑过去的一刹那,"母鸡"的"双翅"不知为什么垂了下来,我立马伸手轻轻碰了一只"小鸡",可万万没有想到,只听一个同学叫道:"'老鹰'胜出,共捉'鸡'四只!"

我目瞪口呆。

原来我把手放回去的时候,同时碰到了三只"小鸡"。操场上回荡着一阵阵笑声。

"老鹰捉小鸡"是一个古老的游戏,爷爷小时候玩,爸爸小时候也玩,轮到我们,依然可以玩得其乐无穷。(2021-09-25)

(课堂作文,三十分钟完成。)

考试别忘了自查

今天，天气不太好，我的心情也有点紧张，因为第三单元小竞赛就要开始了。

早自修的时候，张老师带着我们大声读复习要点，大家认真地读着，有的同学拼命地记着笔记，有的同学努力地背诵还没掌握的知识点，还有些同学小声地讨论着。

张老师一组一组地发着试卷，当卷子发到我手里的时候，我一看，傻眼了，题量好大呀。教室里顿时鸦雀无声，同学们都纷纷低头开始写试卷，我也赶紧做卷子，我一题一题地做着，做完一看时间还多着呢，于是我就开始了检查。我第一遍没检查出错误来，第二遍也没有检查出错误，到了第三遍，终于找到了错误，漏了两题没写，赶紧补上了。这时再看看时间，刚好收卷。虽然我不知道这次考试得了多少分，但我至少已经努力了，我终于长长地舒了一口气。

下课了，我迈着轻快的步伐走出教室。(2021-10-20)

《小木偶的故事》续写

原文提要：从前有一个老木匠。他精心雕刻了一个小木偶，并请仙女给木偶施了魔法。一天，小木偶独自来到森林里，被一个小妖怪看见了，小妖怪一步一步逼近小木偶……

小妖怪心想：这顿美餐我吃定了。这时，小木偶突然灵机一动，手指着另一个方向，对小妖怪大喊一声："哇哈——大妖怪来了！"小妖怪一惊，小木偶乘着他转头的刹那间，拔腿就跑。

小木偶有一双灵巧的长腿，健步如飞，心里只有一个想法，别让小妖怪追上！跑着跑着，他发现了一个小男孩像搞恶作剧似的在房顶上走着，眼看小男孩就要咕噜咕噜滚下来，小木偶毫不犹豫地走过去停下，正好接住了小男孩。救完小男孩，小木偶为逃命继续往前跑，没跑多久，一条大河拦住了去路，风急浪高，水面上没有船，也没有桥，怎么渡河呢？小木偶着急地左顾右盼，忽然发现被自己救下的那个小男孩出现了，只见他念了几句咒语，手中就出现了一支神笔，嗖嗖几下，水面上就出现了一条小船，只见小男孩招招手说："快，快上船！"于是他们很快就渡到了对岸。

原以为危险已经过去，没想到小妖怪又出现了！小男孩又拿笔嗖嗖地画了几下,顷刻间,一座巨大的高山挡在了小妖怪前面,小妖怪再也过不来了!

小木偶谢过小男孩后就回家了。(2021-11-05)

共享单车有话说

大家好,我是共享单车。告诉你们,我有很多兄弟姐妹,有的穿红衣服,有的穿黄衣服,也有穿蓝衣服、白衣服的,我们的家族五颜六色。平时只要大家选择了绿色出行,我和我的兄弟姐妹们就会变成一道靓丽的风景线,汇聚在一条条五彩的车流里驶向远方。

这些日子,虽然我很幸运,没有缺胳膊少腿,每天照样不知疲倦地驮着"上班族",但是我的一些兄弟姐妹就没有我这样幸运了:有的轮胎破了,倒在地上哭泣;有的链子掉了,骑起来咯噔咯噔地响;有的坐垫破了,左一个洞右一个洞;也有的篮子破了、脚镫子丢了……一些人把本来美丽的共享单车变得缺胳膊少腿,这些车最后也逃不过变成一堆破烂的命运。

不过,也有些幸运的车得到了善良人的帮助,修旧变新,重新恢复到从前的模样,这就像人类生了病要去看医生一样。但是我想最好的境况是不生病不用看医生,那该多好啊。

那么,怎样才能做到不生病呢?

其实也很简单,只要每个骑车人把车归队或者还车的时候,多花几秒钟,把车放好,骑的时候小心一点,不野蛮对待我们,这样我们就可以存活好久。所以我觉得人类应该利用报纸、杂志、广播、电视,批评那种不文明的行为,人人自觉自律,共建一个绿色环保的新秩序,让社会变得更美好。(2021-12-03)

西湖边的小学

早晨,从西溪路上、马塍路上,从一条条绿树成荫的小道上,走过了许多小学生。他们有的是坐公交车来的,有的是坐电瓶车来的,还有很多是背着书包自己走路来的。大家穿着整齐的校服,走进了校园,他们很快成了好朋友。同学们向正在吃草的小羊(小羊是我们学校养的,是同学们集体饲养的宠物)打招呼,向敬爱的老师问好,向高高飘扬的国旗敬礼。

"丁零零——丁零零——"学校的铃声响了。

上课了,从四面八方来的小朋友坐在教室里学习,琅琅的读书声传得很远很远……

下课了,同学们冲出教室,操场上顿时热闹起来:跑步的,跳绳的,踢足球的,怎么好玩怎么来。这就是我们的小学——一座坐落在美丽的西子湖畔的城市小学。(2021-09-16)

三五三五，能文能武

今天，我们学校举行了一年一度的校运会。每个班代表一个亚洲国家，我们班代表的是柬埔寨。大家雄赳赳、气昂昂地经过主席台，我们的口号是："三五三五，能文善武！三五三五，下山猛虎！"

我参加的个人项目是垒球和跳高。

垒球比赛原来是放在第二天的，可是没想到临时被调到了第一天，正巧碰上了下午的雷阵雨，运动场上顿时乌云密布，雨点像豆子一样打下来，我们赶紧躲到遮阳棚下面，这时的遮阳棚就变成了避雨棚。但比赛没有停止，轮到谁，谁就马上拿起三个垒球，冲出去参加比赛，如果不快点的话，他们随时都可能变成"落汤鸡"。我也与大家一起，在雨中"战斗"！

跳高，我从来没学过，比赛前老师做了详细的讲解和动作示范，本来觉得得个前八名，就已经很幸运了。可没想到我竟然进入了总决赛，还得了第二名的好成绩。

精彩永远在最后。三十乘五十米的迎面接力赛，我们年级被分为三组，三个班一组，我们班是跟三班、六班比的。比赛开始时我们比其他班都要快好多，但就在快要结束的时候我们掉棒了。幸好我们班有个同学反应很快,不管这一棒是不是自己的,拿起棒子就往前冲。但是因为掉棒浪费了时间,最后我们的成绩排在全年级第六名。

相互理解、友谊、团结和公平竞争是奥林匹克的精神,也是我们校运会追求的目标。(2021-09-30)

用雪打出来的快乐

　　雪连续下了一夜，由于气温没有掉到零下，地面上只积起了少许的雪。树倒是穿上了雪白的衣服，手往树枝上一碰，雪哗"哗哗"的就下来了。

　　这让我冒出了一个打雪仗的想法。择日不如撞日，现在就去打雪仗吧。约上了几个小朋友，我们在楼下的空地处集合，正好五男五女，那就以性别分组啦，男一队，女一队。我又把爸爸叫了下来，让他当裁判。老爸说："战争"时长为三分钟，谁被对方的雪球砸到，就算谁"阵亡"了。时间到了，最后没有被砸到雪球的人数多的队获胜。如果打成平局，就进行一分钟加时赛。

　　只听哨声一响。我在前面冲锋陷阵，吸引对方的注意力，另外派出两个人左右包抄，还有两人在后面负责源源不断地滚雪球，给前面的队员输送"弹药"。这样，我们有源源不断的"弹药"，还有三个不同角度的攻击点。我们火力全开，一下子就把女生组打蒙了。虽然，我们也有一名队员"光荣牺牲"了，但是对方已经全军覆没了。第一回合我们胜。

　　女生们不服气，利用休息时间跑到家里，拿了五把雨伞当作盾牌。

第二轮开始啦,是我们的"矛"更锋利,还是女生们的"盾"更厉害呢?

我们还是按原来的战术发动攻击,可能是我们的套路被女生们看破了,她们已经摆好了防御阵,五个人都撑着雨伞,手里拿着雪球,衣服袋里还装满了"弹药",无论我们从哪儿攻击,她们都能躲开。我拿了一个大大的雪球向她们砸去,"砰",砸在了雨伞上,雪球四散纷飞,有很多雪花落在了我的衣服上,我只能拼命跳,那些掉进脖子里的雪花即刻化成了水,溜到了背上,冷极了。当我们"弹药"打光时,她们就发起了反攻。这次我们"牺牲"了两名队员。时间到了,这一轮女生们胜了。

老爸判定我们打成了平局,进行加时赛。我们只能站在原地扔雪球或者滚雪球,不能移动往前冲,这下子雨伞的作用更大了,虽然我们有的是力气,但是我们的雪球怎么也穿透不了女生们的"盾",女生们的雪球也没有砸到我们。回家的时候,每个人头上、身上都雪白的。这场比赛我们打得不亦乐乎,大家不在意输赢,只在意是否打出了快乐。

与外国朋友一起过年

昨天，我们与在『西湖一号』里的欧美二十多个国家的朋友一起包饺子、卷春卷、做纸灯笼、玩游戏，围着餐厅中央一个巨大的虎娃吉祥物，提前过了年。

与外国朋友一起过年

　　昨天，我们与在"西湖一号"里的欧美二十多个国家的朋友一起包饺子、卷春卷、做纸灯笼、玩游戏，围着餐厅中央一个巨大的虎娃吉祥物，提前过了年。

　　乐趣无穷的包饺子是中国传统文化，也是我们的拿手好戏。我很好奇，洋人们会不会这门手艺呢？果然他们在一堆饺子皮和一堆肉馅面前傻了眼，主持人把他们分成了五个组，每个组由一个会包饺子的工作人员手把手地教他们。有些人很快就学会了，有些人到最后也捏不拢一张饺子皮。吃的时候，我们都是用筷子夹饺子吃的，而老外都不会用筷子，他们有的用勺子，有的干脆用手拿来吃。其实对我们小朋友来说，包饺子吃饺子都不是主要的，主要的是玩游戏。

　　主办方一共安排了两个游戏。

　　一个叫"你比我猜"。规则是两个人一组，一个人比画，另外一个人要猜出这个人所比画的词语。洋人猜英语单词，我们猜中国词语。第一个上场的是一对老外夫妻，他们一共猜对了十四个单词。挺好玩的是洋人朋友搭档答不出来的时候，中国的小朋友会迅速地跑上去，在他们的耳边悄悄透露答案，于是惹出一片片善意的笑声。

　　另一个游戏是在成百上千的饺子里选一只饺子在其中裹入红辣椒,下锅后全都混在一起,吃到红辣椒的人会获得一件神秘的大礼品,引得所有参会的人伸长了脖子期待着。

　　谜底终于揭晓了,一对胖乎乎的老外夫妻吃到了红辣椒!最后所有的人都眼巴巴地望着主持人,就想听听所谓的神秘奖励是什么。只见主持人大声地说:"恭喜这对老外夫妻获得了上海旅游房票一张,可以享受十天的免费度假!"

　　掌声响起来了,大家都用羡慕的眼光望着他们。据说参加饺子宴的外国朋友,大多是在杭州工作的,时间最长的在杭州待了四年,最短的也有一年。他们全都热爱中国文化,据说有的人还加入了中国国籍。

　　(2022-01-18,刊于2022-01-30《钱江晚报》小时新闻,阅读量2.2万人次)

傲慢的钢笔

　　同学的笔盒里有两支笔,一支是钢笔,一支是铅笔。傲慢的钢笔看不起铅笔,于是常常奚落铅笔。

　　上课了,同学在纠结到底用哪支笔。

　　"铅笔小弟,你认输吧!"钢笔高傲地说,"我有钢硬的外壳! 你只有一件小木衣呢,一碰就断了。"

　　"我们还是和睦相处吧,说到实用性,我就不见得比你差,我写错了还能擦掉呢,再说……"

　　"住嘴!"钢笔恼怒了,"你怎么敢和我相提并论? 你等着吧,要不了几天,我就会让你毁于一旦! 那时候,我会永远在这里,你却会消失得无影无踪!"

　　"何必呢?"铅笔心平气和地说,"我们别吵了吧,不然我们的主人就没有笔可用了。"

　　时光在流逝,班里发生了许多事。期中考试过去了,期末考试又来了。

　　同学又在选择,他看了看钢笔,又看了看铅笔,他下意识地觉得钢笔轻了许多,打开墨囊,只见原来满满的墨水,今天却一滴也没有了,可铅笔还有很长的铅芯,还能用很久。

　　这时,铅笔望了望钢笔,钢笔羞愧地低下了头。[2022-

03-09,刊于《未来作家》(低小)2022年6月号]

[小学语文三年级(下)第六课,讲的是国王御厨里的铁罐自恃坚硬,瞧不起陶罐。埋在土里许多年以后,陶罐出土成为文物,铁罐却化为泥土。老师课堂上出题,要求仿写一篇主题为"铅笔盒里的故事"的作文。]

躲在草丛里的星星

星星们在天空中玩着捉迷藏,一颗星星躲到了草丛里。

这时,一只小虫子走了过来。

"这大晚上的你在干什么呀?"小星星问小虫子。

"天太黑啦,我找不到回家的方向了。"小虫子无奈地回答道。

躲在草丛里的星星说:"那没关系,我是星星,可以当你回家的路灯,帮你找到家。"说完,星星就放大了自己的光芒,像一盏明亮的路灯,小虫子环顾四周,终于找到了回自己家的路,谢过了星星,便往回家的方向走去。

天黑了,蜜蜂们急匆匆地往蜂窝赶,星星想让蜜蜂多采一点花蜜,于是他就点亮了自己的小灯,在夜晚做蜜蜂采蜜的向导。

第二天晚上,丛林里的小动物们要召开一场巨大的音乐会,可突然断电了,这可怎么办呀? 难道这些小动物们精心准备的音乐会就泡汤啦? 大家都愁眉苦脸,但一点办法都没有。这时小虫子站出来说:"我们可以请星星帮忙,昨天晚上就是他帮我回到了家,他能放出很亮的光芒,也许能让我们的音乐会如期举行。"

　　小蜜蜂也说:"这个主意好,星星一定会帮助我们的。"他们一起去找星星,星星说:"好啊,我可以叫同伴们一起过来,当你们的舞台灯光。"星星们应约而来,有的挂在树梢上,有的停在半空中,还有的钻到草丛中,一闪一闪的,时而红色,时而黄色,时而绿色,时而蓝色,五光十色的星星为这次的音乐会添加了别样的光彩。(2022-04-19)

春天，请去植物园

一年一度的春游时间到了，我推荐同学们去植物园玩一玩。

植物园里最好看的是梅园，梅园内梅花品种繁多，有深深浅浅的红梅、宫粉梅、朱砂梅，还有浅绿色的绿萼梅、照水梅等百来个品种。

梅花是中国十大名花之一，在杭州有十分悠久的种植历史，从唐宋时期开始，赏梅就成为人们春天里的一件大事，这一习惯一直绵延到现在。每年春节一过，梅花初放，梅园里就开始人山人海了。

梅园里，梅花如云，人如潮涌，还没有走上几步，便有香气一阵阵扑来，好闻极了。"墙角数枝梅，凌寒独自开。遥知不是雪，为有暗香来。"宋代诗人王安石写的诗，我们在课文里学过！

来到梅林中央，家长们提出了一个好玩的游戏：梅花摄影大赛。我们一听纷纷向家长要了手机，往梅林深处跑去。

游戏时间结束时，我们拿着自己满意的作品交给家长，有的取景梅园一角，有的拍蓝天下的花海，还有的拍到了小蜜蜂采蜜的特写，蜂脚上沾满了黄黄的花粉，真是美极了。

若要问这次的梅花摄影大赛谁拿了奖呢？我也不知道，去问家长们吧。（2021-02-24）

清明踏青

清明节是怎么来的呢？

据说战国时期，晋国的公子重耳遭人陷害，他就带着几个随从逃跑了。途中重耳饿晕了，忠心耿耿的介子推忍痛割下了自己大腿上的一块肉，烤熟了献给重耳。可之后当重耳登基称帝时，却忘了报答介子推。有人提及当年事，重耳立马派人去找。谁知介子推闻讯背着母亲躲进了深山。重耳一次又一次地寻找都没有结果，最后想用烧山的法子逼介子推出来，遗憾的是发现介子推的时候，却见他和母亲一起抱着一棵柳树，被烧死了。

重耳为了纪念介子推，就把介子推遇难的这一天定为清明节。久而久之，清明节就成了祭奠先人的日子。我们每年也都要去扫墓，一般会选择一个天气好的双休日，避开节日交通的高峰，与亲戚提前一个星期约定好，准备好扫墓所需要的物品，在墓前献上鲜花，摆上供果。爸爸妈妈重复诉说着太奶奶太爷爷生前的故事，最后让我们每个人都恭恭敬敬地鞠上三个躬，才告别墓地。

走出陵园，迎面而来的是春的气息。田野里鲜花盛开，一望无际的油菜花像一片金色的海洋，勤劳的小蜜蜂飞来飞去,贪婪地吮吸着菜花花蕊上的花蜜。路边,还有长得像眼睛一样黑白相间的蚕豆花。萝卜花很朴素,洁白如雪……春天的野外生机勃勃,连吹来的风都是香喷喷的。最可喜的是,我们还意外地发现了脚边有许多可以做清明团子的艾草,于是我大吼一声,全家人都弓下腰采摘起来。

开车回家的路上,我们一边在百度上查做清明果的要领,一边议论。

到了家里,我们就迫不及待地拿出了毛茸茸的艾草。首先把青青的鲜嫩艾草洗干净,榨成汁,然后分三次往艾汁里加入面粉,再把它们揉成团,随后将面团搓成小圆球。接着,在小圆球中间放入馅料。大家会把清明果捏成自己喜欢的形状:有月饼形状的,有三角形状的,还有经典的圆形清明果。不过,不好意思地告诉你们,我做的果子有点歪七扭八的。

我们把清明果放入蒸锅,十五分钟后,再次打开锅盖,只觉得一股清香扑鼻而来,咬一口下去,清明果软软的糯糯的,馅料也流了出来,我做的果子虽然模样不咋的,但味道还是和大人做的一模一样的。

这一天,我们扫了墓,踏了青,还美滋滋地吃了自己做的清明果。(2022-04-02)

我变成了一条小金鱼

"我们来玩捉迷藏吧。"

我和几个小朋友在树下玩着捉迷藏游戏，可我没有找到一个好的藏身之地。我真希望变成一条小金鱼，这样就可以在玩捉迷藏的时候跳进水里。我心里正想着，就忽然觉得身体软了许多，低头一看，发现许多金色的鳞片正从我身上冒出来。呀，我真的变成了一条小金鱼！

你猜我变成了小金鱼会先干什么？

当然是先找一个池塘跳进去啦！

那时，我会请我的鱼类朋友都到这个池塘里来玩耍：鲫鱼、鲤鱼、鲈鱼、黄鳝、泥鳅。可就在这时，倒计时停止了，寻找的人开始找啦，他找了很久很久都没有找到一个人。于是我们放下了心，玩起了水中的游戏。

泥鳅首先提议，我们来比谁先钻到地底下吧。这可是他的拿手好戏，我们怎么可能比得过他呢？所以大家最终没有玩这个游戏。这时，我提出了一个想法：咱们比谁吐出的泡泡最多、最密集吧！我的提议也没得到大家的赞同，这时鲫鱼提出玩大家都会的一个游戏："游泳是鱼的本能，我们不如来一场比赛吧！"

　　我慢慢地觉得无聊了,想蹦出水面去透透气。但是我又蹦不出水面,怎么办呀? 这时鲤鱼说:"我可以帮你们跃出水面。"这样,在他的帮助下,大家都平安地出了水面。

　　我们刚出水面就变成了人。从头到脚水淋淋的,你看看我,我看看你,原来大家都变成了鱼啊。(2022-04-18,刊于《少年文学之星》2022年10月号)

《守株待兔》新编

从前，宋国有一个勤劳的农夫，每天在田里埋头耕作。有一天傍晚，他被一个巨大的响声惊着了，抬头一看，原来有一只飞奔的兔子撞在了树桩上，脖子折断了，脑袋也撞开了花，死在了树桩下。

农夫高高兴兴地提着兔子的两只耳朵回到了家，他把兔子肉烹熟了，给自己倒了满满一碗酒，他开心地享受着这顿有肉有酒的美餐，心里打起了小算盘：哈哈，送上门来的肉！有一只就会有第二只、第三只、第四只……想到这里，他乐滋滋地放下了手中的农具，从第二天起就不再种地，而是藏在树桩旁边的一个树丛里，整天守株待兔。

经常有人问他："你在干什么呀？"农夫对他比了个手势，让他轻声说话："我在等待兔子的到来。"那个人很惊讶："你怎么知道兔子会来这个地方呢？"他很认真地说："因为之前就有一只兔子撞到这个树桩上，让我美美地吃了好几天呢！"那人听完了农夫的话一声不吭地走了。

许多天过去了，农夫一只兔子也没有"守"到。而原来的农田却因为耽误了季节，已经变成了杂草丛生的荒地。

从此，这个守株待兔的人成了宋国人的笑柄。（2022-

03—04）

（战国策《韩非子·五蠹》："宋人有耕者,田中有株,兔走触株,折颈而死。"老师要求改写成白话故事。）

新桃换旧符

　　大年三十的晚上，家人团聚在一起吃年夜饭，一起看春晚，最激动人心的时刻就是新年到来的倒计时——全家人一起期盼崭新的一天，崭新的一年！这时候我还收到了乡下的朋友放爆竹的微信视频：一声声噼里啪啦噼里啪啦的爆竹声响起，就好像是雷公公怒发冲冠地擂响了大地的鼓，吓得胆小的娃娃躲到爸爸妈妈的身后，紧紧地捂住双耳，既怕爆竹的火花炸到自己，也害怕爆竹那震耳欲聋的响声。

　　不同于古人的守岁，我们期盼新年的钟声响起。零点一到，爸爸妈妈爷爷奶奶外婆的手机铃声也开始放"鞭炮"，通过互联网响起的相互祝福是"电子鞭炮"，嘀嘀嘟嘟的比乡下放爆竹还要热闹呢，更有通过手机疯抢的"红包雨"，不论抢到多还是少，全都一样大呼小叫！

　　当新年清晨的太阳探出头来，我们吃过热腾腾的汤圆，迎着春风，一边说说笑笑，一边把大门上的旧桃符取下来，换上了崭新的桃符、对联和"福"字。今年的大红"福"字是我写的，爸爸妈妈为我鼓了掌，我知道这是对我的鼓励，希望我明年写得更好。

　　新年伊始，谁也免不了喝一口屠苏酒，以祈祷虎年的健

康平安![2022-03-18,刊于《未来作家》(低小)2022年10月号]

　　(三年级下册《语文》第九课《古诗三首》,老师要求把古诗的内容改写成现代文。我选的是王安石的《元日》:爆竹声中一岁除,春风送暖入屠苏。千门万户曈曈日,总把新桃换旧符。)

《总也倒不了的老屋》续写

"等等，老屋，"一个细小的声音在门前响起，"请您坚持到明年春天吧，冬天野外的猛兽很多，我找不到一个躲避的地方。"老屋为难地说："你看我身上这么多的窟窿，能撑到春天吗？"小鹿抬头看看老屋，门窗是破的，屋顶是漏的，整个屋子是歪斜的，老屋确实已经是千疮百孔了，似乎真的很难坚持到明年春天。于是它请来了智慧的人类朋友。

人类把老屋改造成了崭新的动物博物馆，漂亮极了。

老屋曾经帮过的小动物们听说了，纷纷赶来庆贺，并都轮流来当义务讲解员，给小朋友们讲解他们曾经的生活趣事。(2022-02-10)

(三年级上册《语文》第十二课的课文，讲述了一间老屋与一只小猫、一只老母鸡和一只小蜘蛛之间的故事。当老屋准备倒下的时候，小猫、老母鸡和小蜘蛛就依次出现，请求老屋不要倒下以帮助他们，老屋一一答应了他们的请求，所以一直没有倒下。老师要求我们续写小动物与老屋的第四个故事。)

干枝雪柳

雪柳"叶形似柳,开花季节白花满枝,犹如覆雪",特别美丽,也比较好养。即使是干枝,只要给它一点水,一点点阳光,它就会在春节期间开花。

每年春节前妈妈都会买一束干枝雪柳回来。

雪柳的生命力特别顽强,别看它刚进门的时候还是光秃秃的,放在房门边的角落里,又丑又干,谁也不会留意,但只要在水里泡上一周,就会长出嫩嫩的小芽粒来,随后花朵就会渐渐地从花苞里爬出来,一朵两朵三朵,最后多到数也数不清,就像皑皑的白雪。这个时候,妈妈会换个花瓶把它放在餐桌上,很养眼,很下饭。今年杭州下了一场大雪,窗户外面鹅毛似的大雪由天上撒落下来,室内"白雪皑皑",这样的景象已经有好多年没见到了。

瑞雪兆丰年！预示着明年将是一个吉祥安康之年。

很快,春节过去了,雪柳的花也开完了,但是这时候雪柳的枝条上却长满了绿绿的小叶子,由皑皑的白色变成了青翠的绿色,而窗外,西湖的柳枝也开始绿了,它们一起为我们带来了浓浓的春天气息。(2022-02-18)

滚来滚去的小土豆

你想想一只老待在菜园子里的小土豆到底想去哪儿呢？

土豆来到了广阔的田野里，把自己埋进土里，不一会儿就萌出了嫩嫩的小芽。绿油油的茎上，是一朵朵盛开的紫色花儿，蜜蜂在花朵里尽情享受采蜜的快乐时光，慢慢地，土豆越来越多，田野逐渐成了一个土豆王国。

接着，土豆跳进了水塘里，想洗掉满身泥土解解暑，然后又伪装成巨大的鹅卵石，为小虾小蟹提供玩耍休息的地方。时间长了，土豆上面长满滑不溜秋的苔藓，给小虾小蟹带来更多的快乐。

因为羡慕集市里的热闹，土豆又来到了集市。可没过多久，它看着一只手缓缓地伸过来，害怕极了，连忙缩紧身子躲了起来，可还是被人抓进了袋子里。土豆一路上摇摇晃晃，闷极了，主人把它拿了出来放进冰箱。

哇，冰箱里可真冷啊！四面八方全都是冷气，土豆伤心极了，以为自己要冬眠了。突然听见外面叮叮咚咚的声音，主人打开冰箱，把它拿了出来，在热水里泡了泡，土豆的冬眠结束了，他被主人切成了土豆片，又在油锅里经历了七七四十九秒的油炸，最后成了金黄的薯片。主人一口咬下，不禁感叹道："哇，这个土豆炸出来的薯片可真香啊！"

可是现在土豆在哪里了呢？(2022-03-13)

瞌睡虫找朋友

　　亚运会举行前夕,瞌睡虫王国一片沸腾,谁都希望能为亚运会帮上一点忙,贡献自己的一分力。可是一只只会打瞌睡的虫子又能做什么呢?

　　有一只名叫小困的瞌睡虫来到了由二十八片大花瓣和二十七片小花瓣组成的大莲花赛场。他发现会场真大啊,这里的房子啊、设备啊全都是新的。这时,他闻到了一股香香的味道,他深深地吸吮着,不知不觉地追着香味而去,竟然闯进了运动员们的大厨房! 他发现里面菜肴可真多呀,糖醋里脊、"狮子头"、鲫鱼、鲤鱼、鲳鳊鱼、青菜、包心菜、沙拉、米饭、汉堡等,应有尽有,让他口水飞流直下三千尺!

　　小困真想把每个菜都品尝一遍,可是却被厨师发现了,厨师以为这是一只苍蝇,就拎着他的小尾巴扔出了厨房。小困晕倒在窗外的草地上,很苦恼,后来想想也是,那确实不是自己该去的地方。可是一只瞌睡虫能为亚运做点什么呢? 于是他再次来到了场馆,这次可巧了,他遇见了三个吉祥物:莲莲、宸宸和琮琮。小困很快跟他们成了好朋友,他们提议可以去运动员的宿舍看看,或许能帮上一点忙。

　　小困望望天,天已经黑了,看看地,地面上也看不清什么了,于是就飞啊飞啊,飞进了运动员的宿舍。宿舍熄灯了,一个个运动员安静入睡。他发现有个小伙子翻过来翻过去,好像入睡有困难。他轻声地听,运动员说:"这是我第一次参加亚运会,有点害怕又有一点兴奋……"

小困立刻轻轻地为运动员唱起了催眠曲,听着运动员渐渐地响起了入睡的鼾声,他才悄悄地离开宿舍……

第二天早晨,瞌睡虫发现一列雄赳赳、气昂昂的运动员队伍,那个经他帮助过的年轻运动员精神抖擞地举着一面五星红旗走在队伍中。瞌睡虫开心极了,他觉得自己终于为亚运会做了一件好事。(2022-04-30)

盐水浮鸡蛋

今天老师给我们看了一个科学实验的视频:盐水浮鸡蛋。可你不要以为这是科学老师给我们看的,告诉你,这是语文老师给看的。看完了,老师让我们回家做个实验,第二天交一篇作文。

首先,我从冰箱里的鸡蛋中挑选出了一个大鸡蛋,把它放入水里,只见鸡蛋没浮出水面,而是慢慢地沉了下去。我想:重重的鸡蛋怎么可能浮在水面上呢,该不会是网络谣言吧?

接着,我用一根筷子搅拌水,让水形成旋涡,想让鸡蛋像杂技演员一样浮上水面,但鸡蛋却纹丝不动,就像一个熟睡的孩子,怎么都醒不过来。它稳稳地沉在水底,没有一丝丝浮上来的意思。

于是我带着最后一线希望,在水中放入细盐,一勺,两勺,三勺……然后不断地搅拌,一直加到第六勺,这时鸡蛋才缓缓地开始上升,它转啊转,转啊转,终于浮上了水面,开始自由自在地在水面上游泳,像一个婆娑的舞者。

我又往鸡蛋顶上撒了一些盐,没想到鸡蛋竟然挺不住沉了下去。我继续搅拌,鸡蛋又渐渐地浮了起来,像极了一艘刚浮出海面的潜水艇。

正在我自鸣得意的时候,鸡蛋壳上出现了一条裂缝,一碰,它就破了。你猜鸡蛋壳破了会怎么样呢?没想到蛋壳摇啊摇啊沉了下去,而蛋黄和蛋白竟然自己顶了上来。居高临下地看,裹在蛋白中的蛋黄小小的,金黄金黄的,而侧着身透过玻璃杯看去,蛋黄巨大,好神奇。

实验做成功了,道理却不怎么明白,于是就去问百度。原来鸡蛋的密度大于清水,鸡蛋就沉在了杯底。不断地加入盐后,盐水的浓度增加,其密度也不断增加,当鸡蛋的密度小于盐水时,鸡蛋就会浮起来。另外,鸡蛋的表面有气室,这又增加了鸡蛋的浮力,所以鸡蛋放入高浓度的盐水中才能浮出水面。(2022-04-12)

我们的兔子老师

请你猜猜,兔子老师是谁呀,是哪门课的老师?

哈,兔子老师是蒿老师,是我们的科学课老师。在所有老师中,她是与我们互动最多的老师。她的课上得很生动,她还常常给我们看课外的动植物科普电影和科教片。这不仅丰富了我们的课堂知识,还让我们了解到了很多神奇的动植物小秘密。课堂上蒿老师一高兴就叫我们"小兔子",所以我们也把科学课叫"小兔子课"。

每次科学课前,我们每个同学都坐在位子上静静地等待着蒿老师的到来。只听得负责侦察的同学说:"蒿老师来啦!"我们就立刻奔出教室,蹦着跳着上去围住她,问这问那,让蒿老师寸步难行。"丁零零——"直到上课铃声响了,我们才飞也似的回到教室,等待蒿老师给我们讲课。

蒿老师的课堂总是很有意思,常常乐得我们哈哈大笑。有时候她甚至会拿一些奇怪的实验道具来。比如在三年级下的第二单元里,为了让我们玩上"过山车",她把过山车的模型带过来,还不忘拿上几个铁珠,让我们将所有的课桌拼起来,四十三张课桌在一阵阵轰响中合成了一张大方桌,这样才能让过山车"坐"上去。我们将那些弯弯曲曲的轨道装上，最后把各种各样的滚珠放上去，比一比谁的滚珠滑得最快最远。

这时候每个人都跃跃欲试，争取榜上有名。可惜蒿老师只叫了三个同学上去，我们只能在台下默默地喊着"加油！""加油！"。

下课了，大家迫不及待地冲出教室，跟随蒿老师到教学楼门口，才恋恋不舍地让蒿老师离开。

还有一次，我们在跑操的时候碰到了蒿老师，我们集体向蒿老师做出了小兔子的样子：把两只手的食指和中指竖成了兔子耳朵，一左一右地放在脑袋边，忽上忽下地摆动。蒿老师也学我们的样，一起晃动！

这就是我们的兔子老师。[2022-04-16，刊于《未来作家》(低小)2023年3月号]

语文老师张颖芳

　　张老师是我们的语文老师,从一年级跟到了现在四年级。她好像很喜欢给我们上课。也许她觉得语文课时太少了,所以只要有可以代课的机会,她就抢着来上课。有一次,张老师进来的时候手里拿着一张"代课单",笑眯眯地说:"今天我来上课,是有代课单的!"

　　张老师有一个特点就是会拖堂,经常拖到下一节课的上课铃响了,才依依不舍地离开。有的时候,数学老师要我们自修,张老师知道了就会跑过来给我们上课,说是有些同学还没有完成语文作业,等他们做完就让大家自修。

　　到了三年级,我们对学科有了各自的爱好,有的同学喜欢数学课,有的喜欢语文课,也有的喜欢英语课,还有的喜欢体育课。那些讨厌在太阳下上体育课的同学更愿意这堂课被语文老师占了,上语文课可比晒太阳轻松多了。

　　有一堂语文课很例外,不管喜不喜欢语文课的同学都喜欢那堂课。那堂课没有课件,也没有板书,张老师走进教室并没有说过一句关于语文的内容,而是说:"这一节课看视频,片名叫作《盐水浮鸡蛋》。"

　　鸡蛋在水里沉下去,这谁都知道,可是它怎么突然有了浮力？是盐！播完了，大家很开心，嚷嚷着要求再看一个。但我们心里想张老师肯定要"言归正传"上语文课了。谁知张老师竟然放出了第二个视频、第三个视频，一堂语文课活生生地成了科学课：用不同的方法让鸡蛋浮起来！当下课铃响起，我们刚想出去的时候，老师轻描淡写地说："同学们回家做一下这个实验，这个星期的习作就是关于盐水浮鸡蛋……"

很多同学没有把它听进去，一颗心老早就飞到教室外面去玩啦。

星期四的语文课上，老师刚走上讲台就说："我们这节课就写盐水浮鸡蛋的作文……"

教室里炸窝啦，很多同学都没有反应过来。

我们一般不是都在周末写习作的吗，怎么变成了课堂作文？可是老师却说："我不是说让你们去准备准备吗？"

同学们你看看我，我看看你，都傻眼了……

我回家后是做了实验的，所以亲身体验过盐水浮鸡蛋，很快就写了出来。没有听老师要求的同学可惨啦，回家没有做实验，等下课铃响了，还在咬笔杆子。

这就是我们的语文老师张颖芳，我们对她的感觉是五味杂陈。不过若是没有张老师，也许我们班的作文水平不会走到全年级的前面去。(2022-04-23)

国宝大熊猫

　　大熊猫是中国的国宝。你知道为什么大熊猫是我国的国宝吗？原来因为大熊猫在两三百万年前就存在了，但是现在已经是濒危物种，全世界只有我们中国才有，所以被称为动物界的活化石。

　　大熊猫很可爱，它全身布满了短短的绒毛，可能这就是他冬天不会冬眠的原因吧。从远处看，熊猫全身就只有黑白两色，他那大大的黑眼圈就像一副墨镜，熊猫四条短而粗的腿，跑起路来一摇一摆的，十分搞笑。

　　大熊猫不仅样子可爱，而且吃东西的时候也憨态可掬。

　　熊猫最喜欢吃的东西就是竹子和泉水了。熊猫吃竹子的时候，先用爪子把整根竹子掰断，然后抓住竹叶一个劲儿地往嘴里送，吃完一根竹子还不够，一餐要吃好几根竹子呢。有时吃竹子吃腻了，就跑到小溪旁，用爪子捧起一手水往嘴里灌。在动物园里，想换换胃口的时候，它就一个劲地往嘴里塞鸡蛋，只听咕咚一声，那个鸡蛋就进了大熊猫的肚子。

　　熊猫吃完了，想休息一会儿，就一摇一摆地来到了秋千旁，往秋千上一跳，"咚"的一声，大熊猫就坐上去了，在秋千上优哉游哉地打起盹儿来。有时太困了，就直接在秋千上睡着了。

　　大熊猫不仅是我国的国宝,还是和平的使者。我国向世界各地赠送了许多只可爱的熊猫,为世界人民搭起了友谊的桥梁。熊猫每到一处地方,就会给那里的小朋友带来无比的快乐。(2022-05-06)

戴个香草袋，不怕五虫害

　　端午节与春节、清明节、中秋节被称为中国四大传统节日。惊蛰过后，所有越冬的昆虫都被一声声春雷惊醒了，连蚊子也不例外。一到五月，电梯里的蚊子就大闹天宫，你只要一进去，稍不防备就会被叮几个大包，最可恶的是蚊子还会跟着你进家门，围着你转。可这几天电梯里忽然没有蚊子了，难道蚊子怕端午吗？不是的，是电梯里挂了一只大大的香包，有一股好闻的花香味悠悠地散发出来，也许蚊子有着跟我们不同的嗅觉吧，它们不喜欢这个香味，都逃光了。

　　农历的五月初五那天，我回到家就发现家门口挂了一束艾草，用透明胶贴在门口，外婆说这是端午节的把门将军，能把所有的虫子和邪气都赶走。所以，在端午节那天，家家户户都会在门前挂上艾草菖蒲。

　　那天我们不仅爬了山，晚上还吃到了"五黄"，分别是雄黄酒、黄瓜、黄鱼、黄鳝和咸蛋黄。告诉你们，我喝酒了，像大人那样端个酒杯，杯里是清亮亮的黄酒，闻闻，那味道是香香的，可是一喝到嘴里，一股冲鼻的酒气呛极了，嗓子眼冒烟，不好喝，真的不好喝！我不喜欢这种味道。酒不好喝，菜还是蛮好吃的，"五黄"中我最爱吃的是红烧鳝段，那股香味让你停不下筷子,我一连吃了五段。

　　龙舟也看了,不过是在手机上看的,温州的最有气势,航拍的,船大,人多,歌声嘹亮。不过我更喜欢西溪的龙舟,一条船上十来个人,有划手、鼓手和舵手。鼓手是"指挥中心",站在船头;划手人最多,在龙舟的两侧,他们的桨随着鼓声一起一落,整整齐齐。西溪的龙舟主要是为游客们设计的,人人都可以参与,爸爸说明年带我到西溪去划龙舟。(2022-05-13)

动物王国的科技

动物王国得增加外卖员了，所以今天举行了外卖配送员的招聘会。招聘人员忙了一整天，录取了十多个外卖员。当他们想要收摊的时候，一个慢悠悠的声音在队伍的最后响了起来："我也想当外卖员。"

原来是动物王国行动速度最慢的蜗牛，他也来报名参加招聘。

这时，其他的动物纷纷用看不起的眼神望着蜗牛，有的说他的速度太慢，如果让他当外卖员，可能下单的人要等到猴年马月吧。招聘员也说："是啊！你的速度也实在是太慢了……"蜗牛哀求说："你们总得给我一个机会试试吧?"

最后招聘员答应让蜗牛明天试用一天。

成为新员工的第一天，其他外卖员都来回奔跑，飞快地送单，只有蜗牛坐在大树下，静静地看着其他动物。过了一会儿，他从背上的壳里取出一架迷你无人机，转眼间无人机就呼呼地变大了，蜗牛用遥控指挥无人机，让无人机装上一单单要送的外卖，无人机靠近目的地的时候会慢慢地降落，就像长了眼睛似的按下门铃，"叮咚"一声就把外卖放在门口。

一天结束,所有的外卖员都在大屏幕前等着自己配送的单数出现,可是让他们万万没想到的是,当成绩公布出来的时候,蜗牛配送的单数竟然是最多的!

大家都用不可置信的眼神看着蜗牛。

蜗牛笑了笑:"我用的是我的秘密武器——无人机,这样配送外卖,不辛苦,效率又高,大家也都可以用无人机啊!"

从此动物王国就再也不缺外卖配送员了,哪怕要配送的外卖再多,也只要多一架无人机就能搞定。(2022-05-21)

西安古物

一、古城墙

考试结束了,成绩还没有出来,暑假作业也还没有布置,很多同学都想到了一个字,那就是出省去"玩"。

我跟着爸爸妈妈来到了西安。

在西安下飞机,到酒店休息了一会儿。听司机说西安的城墙上可以骑单车,我们就直奔西安的古城墙。到了城墙,已是下午五点了,可是热辣辣的太阳还高高地挂在天空,地面的热浪像烤炉一样。我们想:再等一等太阳就下山了吧。可是等啊等,太阳根本没有想"走"的意思。妈妈就去打听:西安的太阳几点才能下山?不问不知道,一问吓一跳,当地人说晚上八点太阳才肯慢吞吞地回家!这样看起来等不是办法,我们就提起精神来,租了三辆单车,硬着头皮顶着骄阳在城墙上骑了起来。路面是青砖铺成的,高低不平,一路上颠簸得很,虽然每辆车上都有减震带,但骑起来还是硌得慌,与西湖边骑车完全是不同的感觉。可是当我们慢慢适应了,车速也快起来的时候,一阵风从我的脸颊擦过,虽然还是有点热,但感觉比坐等凉爽多了。

　　我们骑过了城墙的四个转角，本来以为已经绕城一周了，可就是找不到还车的地方，一问才知道，只有南门是十点关门，其他还车点都是八点钟就停止营业了。我们只好继续骑到南门，把车还了。抬头望望，天还没有黑，还有一抹亮亮的晚霞，我们一共用了两个多小时才把十三点七四公里的西安古城墙骑完。

　　刚下城墙，我们看到了一条超级宽的道路，据说这条坦荡荡的大道可是一千多年前的帝王之道，中间地块三十米，左右两边各留了六十米，一共宽一百五十米。为什么呢？因为冷兵器时代弓箭最远的射程是六十米。原来为了防备刺客，确保皇帝的安全才左右各留了六十米！

　　我们行走在一百五十米宽的古道上是多么的气派啊！这一天我们玩得真累。

　　西安是世界四大古都之一，当年的长安是当时世界上唯一一个人口超过百万的国际化大都市。城墙圈定的都城比当时罗马城大七倍，比一千多年后成为中国首都的北京大一倍多。而我们踩踏过的古城墙却建于明代，是在唐长安城的皇城基础上建筑起来的，有六百年的历史，西安古城墙由隋唐时规模"缩水"成明初的规模，历史是真实的，不知为什么，心里忽然有点怪怪的感觉。

二、兵马俑

第二天一早,我们来到了西安最有名的景点之一——兵马俑。秦始皇在十三岁时登上了王位,并开始修建兵马俑。十三岁? 在今天还是一个小学五六年级的学生! 而秦始皇却开始造坟墓了? 奇了怪了……

兵马俑已经发现了七个坑洞,一号坑的前三排在战场上冲锋,也叫"磕头"战士。后面则是按《孙子兵法》里的四六方阵排列的。二号坑还未完全挖掘,在高科技的扫描下发现了两千多件文物,在出土的文物中有一件镇馆之宝,就是跪射俑,因为跪射俑从侧面看跟西安的地图一模一样。三号坑洞还没有挖完,但是根据已经出土的文物,专家推测这里是商讨军事计划的要地。因为出土了许多鹿角,鹿角是古代祭祀用的,而且还出土了一个文官俑,他戴了一个方帽子。古代官位大小是由鞋子尖翘起的高度决定的,大将军的官位是最大的,而这个文官是第二大的。那里还出土了一把青铜剑,它已经被兵马俑压弯了,但很神奇的是,在玻璃展柜里放了几天,这把青铜铸造的兵器竟然自己变直了! 兵马俑刚挖出来的时候,全是彩色的,可是过了五六分钟后,就因为氧化而褪了色,所以我们看到的兵马俑一般都是呈现褐色或者黑褐色的。

西安是中国十三朝古都，因为这里物产丰富，四周有山环绕，易守难攻。我们最熟悉的朝代唐朝，它的都城长安就是现在的西安，也有一句话叫"白天是西安，晚上就是长安"，说的就是这儿。

三、陕西历史博物馆

陕西历史博物馆被誉为"古都明珠，华夏宝库"，一级文物有762件，国宝级文物有18件。在这18件国宝级文物中，还有2件被列为首批禁止出国（境）展览文物，整个博物馆所藏文物有1717951件。有一个展厅里的宝贝，从地下挖出来时装在3个大罐子里。据说有一个种地的人，在菜园里挖地的时候，突然挖到了一个硬邦邦的东西，于是就继续往下挖，可是没挖多久，那个罐子就被他磕破了一个洞。他又往其他地方挖了挖，发现下面也有回音，挖出来就像俄罗斯套娃一样，里头还有一个小罐子。这些罐子里的文物，有很多都是国宝级的。最珍贵的当数"镶金兽首玛瑙杯"，它被专家们誉为"国之重宝，海内孤品"。陕西历史博物馆的考古团队推测这些宝贝可能是唐代哪个皇帝落难的时候埋在土里的。我印象最深刻的还有2件文物：虎符和耀州窑青釉刻花提梁倒流壶。能记住的原因是它们很特别。一般的壶都是从上面往下灌水的，而耀州窑青釉刻花提梁倒流壶的水竟然要从底下倒进去,灌满后再翻过来依然滴水不漏。原来壶底倒水进去的孔延伸出了一条长管子,这条管子会让水流到瓶顶,而当倒过来时,只要水平面不高于这条管子,水就不会漏出来。

虎符,虽然博物馆只有虎符的仿制品,但是也很有意思,它居然是把一只金老虎分成了两半儿。据说虎符就是调兵的兵符,谁拥有虎符就可以调兵遣将。一半由皇帝拿着,另一半由将军拿着。将军和皇帝的虎符合并在一起,严丝合缝、没有一点差错大军才能出动,这就是虎符的用处。

有人说"地下文物看陕西,地上文物看山西"。也有人说,在西安城里走着,得小心看地,说不定一脚踢出去就踢着了一件宝贝。这是开玩笑吗?导游就说了一个好玩的故事。有一个十三岁的小学生在放学回家的路上踢着一块石头玩,书包在屁屁后面啪哒啪哒响着,小石头在脚下滚着,左一脚,右一脚,一直踢到了家里。忽然他觉得这个石头有点怪,捡起来一看,发现是个六面体,洗一洗通体发亮,顶上有一个小动物,底部有不认识的文字,看上去像一颗印章。他爸爸觉得此物不同寻常,就带着它去县里,然后一级一级往上交,一直交到了陕西历史博物馆,最后鉴定的结果却震惊了学术界——原来这件物品竟是西汉的"皇后之玺",主人身份据说是吕雉,那个曾经为刘邦一统天下做出了很多贡献,但也颇有争议的人物。从汉朝刘邦统一天下开始距今已过去两千多年的历史,而这一枚玉玺用价值连城来形容真的一点都不为过。博物馆要给他们奖励,你猜奖励了多少钱?一百元?不对!五十元?不对!一元不对,十元不对,答案是奖励五元钱。不过故事发生的年代是1968年,爸爸说,那个时候一般人一个月的工资也就三十元左右。(2022-07-02)

造船逐浪夏令营

今年暑假的第一个夏令营，我来到了坚果部落的造船逐浪夏令营。

上午九点，妈妈把我送到了黄龙体育中心集合。我们一行三十二人，坐上了大巴车，两个多小时后来到了千岛湖，一路上大家用"手表"与家人通话的声音此起彼伏。

我们此行的任务就是学习船舶的建造，第一天听老师讲解船舶知识，第二天开始动手，四个人一组，要我们群策群力，自己造一条独木舟，不仅要下水，还要驾船去一座荒岛探险。啊哈，太有诱惑力啦！但也有同学看了眼前一大堆黑黑白白的"板块"，很惊奇地问："独木舟不是用一根木头做的吗？"萧山跨湖桥就有一条八千年前的独木舟，它是世界上最早的船，号称"中华第一舟"！

这时，老师不紧不慢地回答道："独木舟是人类探索未知世界所发明的最早的运载工具，现在已经演化出了很多种船型。"最让我们惊奇的是，连我们教练划的皮划艇也属于独木舟范畴。

我们造船的第一件事就是要确定横梁的位置。横梁装好以后就要装横龙骨了，横龙骨一共有八条，分别均匀地安装在船的两侧。之后开始装纵龙骨,纵龙骨一共有六条,分成两个区域,左部安装三条纵龙骨,右部也装三条纵龙骨。装完船的骨架,就要开始给船"蒙皮"了。

你知道什么是蒙皮吗?其实蒙皮就是给骨架穿个外套,用绳子把皮革和船的骨架结结实实地绑在一起。船体中间有黑白相间的定位器,我们要做的就是隔一个白方块穿一个皮革的洞,一直绑到船头和船尾,最后再用系鞋带的方式把绳子绑起来,这样独木舟就做好了。

第三天,老师给我们一个重要的任务,就是给船装上两个浮力装置和一个动力装置。浮力装置其实就是两个小浮标,老师让我们自己把两个小浮标装到船的座椅底下,然后再对准吹气孔吹气。奇怪的是我们松开嘴巴时,浮力装置竟然不会漏气。我们继续吹,一直吹到不能再大的时候才停止吹气,然后将盖子盖上,这样独木舟即使被掀成了底朝天也不会沉下去,这就是浮力装置的作用。

我们本来以为动力装置只是一个小小的马达,可是没想到这个动力装置大得很,而且还很重,要两个人才能搬得动它。我们先将船翻个身,然后在船的底部装上一个黑色的橡胶盘,这是用来固定动力装置的。然后再把动力装置沿着橡胶盘的底部塞进去,最后再用动力装置上面的四个小卡扣,将它与底盘卡住,这样动力装置就不会掉下来,也不会漏水了。教练员说,这个动力装置可要好几千块钱呢!

装完这些,我们就要举行隆重的下水仪式了。共有八条船,每条船四人,每个人都穿上了救生衣。七艘船都纷纷成功下了水,并且在水面上轻松地航行了起来。但有一条船因为少装了一根龙骨,失去了平衡,当第一个人坐上去时,"咣当"一声船就翻了,幸亏他穿了救生衣,才没被压到船底下,其他队员一起吭哧吭哧地把他拉上了码头,再把船捞了上来,重新把龙骨装了上去,然后再下水,这样就顺利了。

第四天一早,我们起得很早,因为今天是这个营期中我们最期待的一天——我们要去千岛湖的荒岛生活一天。

我们很快就来到了码头,穿上救生衣,检查好了船只,就立马上船。大家奋力划船,当我们登岸时,大家都大吃一惊,这哪是什么荒岛,岛上帐篷、烧饭的锅和镁棒、刀片都有。这不就是让我们自己搭个帐篷,用镁棒生火烧饭吗?看看挺简单,做起来却难得很。最难的不是用镁棒生火而是搭帐篷。它跟我们熟悉的帐篷类型不一样,整个帐篷只靠两根韧性很好的杆子支撑起来,我们只好将两根杆子横竖交叉,把两头插进洞里,竟然还真成功了。我们齐心协力,把所有的帐篷都搭了起来。

接下来就是要用镁棒生火了。老师拿出了自己用来生火的"开挂神器"——打火机,可是老师说这打火机是他们用的,而我们却要向祖先学习"钻木取火",体验一下野外生存的技巧——用镁棒生火。但与先人比起来,还是容易多了。我们在火绒上面刮上煤粉,让镁棒和刀片擦出火花,用火花靠近火绒,擦了没多久就生出火了。

正当我们在想今天中饭和晚饭吃什么的时候,老师从他的大箱子里拿出了四十包老坛酸菜牛肉面!我们大吃一惊,难道我们今天就要吃老坛酸菜牛肉面了吗?但是老师又拿出了一箱子午餐肉罐头,原来是要把午餐肉放到老坛酸菜牛肉面里。明白了,明白了,我们今天要吃的是老坛酸菜午餐肉牛肉面。

我们把带来的一大桶矿泉水倒入了已经为我们备好的锅里,开始煮面。煮面的时候又把午餐肉切好,放了下去。最后还多了好几罐午餐肉罐头,教练就开始给我们玩起了有奖竞猜的游戏。规则是你可以选择出题或者答题,出题的人出道题,答题的人抢答:如果第一个人答对了,那么就把午餐肉分给答对的人,如果第一个人答错了,就把午餐肉给出题的人。嘿嘿,我吃到了五片午餐肉,有人比我更多,吃到了十片午餐肉。剩余的午餐肉罐头分完了,老坛酸菜午餐肉牛肉面也煮好了,我们每个人拿了一个纸碗去盛老坛酸菜牛肉面吃。

吃完饭,老师又给我们玩了一个游戏——寻找浮标。老师在水里放了八个陷阱浮标和四个奖励浮标,让我们开船去寻找那四个奖励浮标。我们想,八艘船,四个浮标,只有一半的船能找到奖励浮标,竞争还是很激烈的。不过幸运的是我们竟然找到了一个奖励浮标:把那个浮标拉起来,发现下面有一个大大的鱼篓,里面竟然有好多条小鱼!我们惊讶极了,怎么也没有想到老师的奖品会是活蹦乱跳的小鱼!最初还以为这是千岛湖渔民在湖里的捞鱼装置呢。我们又去拉了几个前面的陷阱浮标,发现陷阱浮标都是只有浮标没有鱼篓的。教练员说,这些浮标是我们刚上岸时他们放下去的,离我们这个岛不远,所以很容易找到。千岛湖鱼很多,最多的时候一个鱼篓能捞到三四十条。这些鱼进去了以后就出不来了,这是为什么呢?原来鱼篓是入口大,出口小,进去容易,但是想要出来就难若登天。

原来这么一个小小的鱼篓,还藏着这么大的智慧。

这时,天已经开始黑了,我们要准备返航了。老师为了让我们能看清哪里是码头,便在前面领航,背上还装了一个红色的小提灯,这样我们在很远的地方都能看到老师。去的时候我们没有启动动力装置,老师的皮划艇比我们快了很多。回来的时候,我们启动了动力装置,我们比老师快了很多。

这天,我们玩得很开心,也很累。到了宿舍,一躺下就呼呼大睡了。

第五天,我们举行了闭营仪式,玩得可开心了。有的同学一不小心在玩水上闯关的时候掉进了水里;还有的人故意在水上闯关的独木桥上乱蹦乱跳,害得好多人都扑通扑通掉进了水里。

距离我们回家还有两三个小时的时候,老师给每个人发了一百根小木棍儿,叫我们制造自己的梦想小船。有人竟然用它做成了一艘航空母舰,虽然他的航空母舰今天下不了水,但谁又能说在我们中间就不会产生一个未来的航母总建造师呢!(2022-07-12)

万宁海趣

一、念想

爸爸惦念去大海里的冲浪,暑假里妈妈就带领我们来到了海南省万宁市的海边。这里有一望无际的碧海蓝天,还有天上慢慢飘移的白云,抬头是美丽的椰子树,树上悬挂着一个个硕大的绿色椰子,我想:能砸一个下来该多好。妈妈笑道:"把脑袋护住吧。"爸爸说:"把两手张开吧。"其实椰子还高高地挂在树上。

二、冲浪

我们的冲浪点是石梅湾,雪白的海浪一下一下地"咬"着沙滩,浅浅的海水虽然是一汪碧绿,水里却是像煮饺子似的全是穿红着绿的冲浪者,有些不会冲浪的干脆抱着一块板在海水里发呆,被海浪摇来摇去。教练说:"可惜了,这几天浪有点小,早几天来就刺激了。"不过,对我们来说冲浪是人生第一次,刺不刺激要下去了才知道。

这里的冲法叫长板冲浪。据说冲浪板的尺寸大于九尺的叫长板,小于九尺的就叫短板。只要是有三个尾鳍的,其实就是我这种初学者用的长板,比较容易控制平衡,只是板的"个头"比我长多了。那些一个尾鳍的属于专业板,它能大大地提速,但不易掌控。不管是长板还是短板,它们的动力都来源于海浪。我们先在海滩听教练讲解冲浪的基本动作,练习了一会儿后就下海了。

我先趴在冲浪板上,头扭过去,把身体放于板的中心线上,然后一直等着,直到出现一个又高又平稳且不是很斜的浪,我就顺浪而行,一边划手一边站起来。教练说冲浪有两个最难的环节:一是要在长板上迅速地站起来,因为长板一直在左晃右动,想站必须要一气呵成,一下子跳起来,摆好姿势,用最快的速度找到身体的平衡点,"动作要快,姿势要帅",这样冲浪板才不会被浪掀翻。二是如何把板推回到出发地,这也是很有技巧的。在没有浪的时候,只要慢慢地滑下冲浪板,推着板回去就可以了;但如果有浪打来,要一只手压住板的尾端,另一只手按压长板,这样三个尾鳍才会减少海浪的冲击力;而当有大浪打来时,就要把板迅速地横过来,挡在人的面前,且把脸侧过来,以防被海浪打着脸。要知道海浪不饶人,被打着一下是很痛的哟。教练说,前面有人的时候,有两种规避方法:第一种方法就是立马跳下来,这样就不会撞到人;第二种方法是立马趴下来,这样子就可以有效地降低重心,使冲浪板立马减速,并且慢慢停下来。我和爸爸妈妈在同一个区域，不知道是跟我有缘还是跟我有"仇"，只要我一站起来，他们就立马朝我冲来，我每次都会拿板挡在面前，生怕他们一下子撞到我，可是每次都是擦肩而过，不知道是巧合还是他们的技术到了随心所欲的程度。第一天，我们都学会了冲浪，也许是我个子小，重心低，上板比较稳，照片上我的姿态还是蛮神气的。

刚学会冲浪就要回去，心里痒痒的，很不过瘾。第二天，爸爸在网上搜到有尾波冲浪和电动冲浪的地方。可是尾波冲浪因为用的是靠船尾的造浪机造出来的人工浪，所以要在没有浪的地方才能玩，离我们住的地方很远。电动冲浪是只要四岁以上的人都能玩，而且就在我们住的附近，于是我和老爸都报了一堂体验课程。哇，这里的人少多了，蔚蓝的大海也安静了不少。听了介绍，电动冲浪跟长板冲浪的区别就在于它们的动力来源不同，长板冲浪是通过海面上的海浪来推动的。电动冲浪与尾波冲浪差不多，只是把尾波冲浪的船改成了冲浪板，电动冲浪的动力来源是电动冲浪板后面的造浪器，它通过水下吸水，再从后面喷水，制造出动力推动冲浪板前行。不玩不知道，一玩太开心啦！电动冲浪速度很快，而且掌握技巧后你还可以表演各种各样的花式冲浪动作。我左手的大拇指按着控制器，从按一点点油门开始启动，慢慢加速。按到底，速度快极了，我没有把握住，冲浪板就像飞船一样飞了出去,而我却掉进了大海里,幸好我绑了脚绳,不然,电动冲浪板不知道要飞到哪里去啦,我立马把电动冲浪板拉回来。

在海上我们玩得特别"嗨",但是一上海滩我就感觉脚后跟特别酸痛,走路都有点累了。这是因为冲浪时要调整冲浪板的方向,只能靠脚跟调整用力程度,而不能用身体的平衡来调节,因为如果身体一旦倾斜,整个电动冲浪板就会翻掉。而且我的电动冲浪板还缺少了两块泡沫块,所以我脚踩的地方又硬又没有摩擦力,需脚跟特别用力。

三、浮潜

最后一天,我们不去冲浪了,而是来到加井岛浮潜。加井岛是万宁的浮潜胜地,在我们的住地就能远远看见那片绿色的小岛,小岛的周边停泊着许多白色小艇。去了才明白是岛周的珊瑚礁群和鱼群引来了众多的游客。浮潜的时候,鱼儿在珊瑚礁群里蹿来蹿去。我们穿上救生衣,戴上面镜和呼吸管,像树叶似的在大海里随波漂荡,来了兴致就撒一点鱼食下去。奇怪的是,只要一条鱼吃到了鱼食,即刻就会引来一大群小鱼。让我好奇的是鱼是通过什么传递信息的?我们有手机,它们呢?我尝试着摸了一下身边的小鱼,看上去那么灵活光滑的鱼,手感却是粗糙的。通过面镜在水下欣赏鱼儿们的各种表演是一件有趣的事。

　　我们玩累了,就回船上喝水吃面包。这时,一个不按套路出牌的大哥哥,居然站在船的甲板上练起了跳水,接着又有一个人跳了下去,我很眼热。我想,泳池里我也是会跳的,但这是大海。妈妈鼓励我试试,于是我也来到了甲板上,船老大也鼓励我:"跳吧,没事的。"我眼睛一闭,立刻像一颗子弹似的射向海面,脚顿时就踩到了海底的沙土。我想,我这样的个头跳下去都撞着海底了,那大哥哥的脚不会受伤吗?我留心了一下,发现他们跳的时候,不是像我这样直直地跳,而是蜷紧身体,用一个前滚翻"咚"的一声跳了下去,我很羡慕。

四、摩托艇

　　我本来以为这一次出游,浮潜是最有意思的,可是海上飞驰的摩托艇让我改变了这个想法。一开始我和外婆成一组,教练说因为艇上有老年人,只能按规定慢慢开,于是把摩托艇开成了小河里的小划船,一点也不刺激。后来我跟艇上的一个大姐姐重新坐了一次,我坐在最中间,抱牢了教练的救生衣,后面的小姐姐抱牢了我的腰,我们疯狂地喊着:"开快点儿,快点儿,我们要的就是把人甩出去的那种感觉。"于是刚出了开阔的海域,教练就给我们耍了一招,90度垂直起飞,我们两个人的头都一下子倾斜着埋进了水里,呛了一大口海水,咸死啦!教练又换着花样,想把我俩"扔"进大海里,可是耍了许多怪招,都没有把一大一小的我们甩出去。在回去的路上教练依然耍着杂技,一会儿左转,一会儿右转,一会儿来个漂移。在我们被搞得晕头转向的时候,教练就让摩托艇飞了起来,这个时候的摩托艇像一支箭,迎面而来的是带刺的海浪和被速度带起来的大风,真正刺激极了。

回来的路上爸爸对着大海大声喊:"面朝大海,春暖花开!"

我说:"不对,爸爸现在是夏天!"

爸爸又说:"那好吧,把海子的诗改一下:面朝大海,阳光灿烂!"

万宁的阳光是炽烈的,万宁的海风却是温热的,我们从海边回来,带回的是一身黑亮亮的皮肤,要多久才能褪去呢?这是妈妈最关心的事。可是问谁呢?只有时间老人才答得上来。(2022-08-03)

暑假，和外国小朋友一起做比萨玩游戏

参加这次活动的有十个中国小朋友和三十个外国小朋友。一听说有外国小朋友，我就想跟他们交流交流，可一到现场我才发现这些外国小朋友全是德国的。他们只会讲德语，不会说英语，我们根本无法直接交流。当他们说话的时候，只能由老师把德语翻译成中文，说给我们听。他们的语速比机关枪还快，他们说了好长时间，可老师帮我们翻译的时候，只用几个字就说完了。让我奇怪的是，为什么只有德国的小朋友，而没有其他国家的小朋友呢？原来这家公司的老板是德国人，所以邀请的都是德国小朋友。

开始做比萨了，我发现中国小朋友做的比萨上面摆满了各种蔬菜，有西红柿、香菇、洋葱等，面饼上还涂上五颜六色的酱料，色香味齐全。而德国的小朋友只在面饼上放了一些小零食，再撒了几层芝士就拿去烤了，单纯且简单。

有一个德国的小朋友说，比萨就是中国的烧饼，而我一直以为比萨是从外国引进的，可一查百度才知道有一种说法是比萨起源于中国。当年的马可·波罗来到中国，觉得中国的葱油烙饼味道极佳，回去后，他让厨师按照葱油烙饼样式制作,做着做着最后就变成了很受大众欢迎的比萨。

在等待期间,我们去了旁边的瑜伽馆,一共玩了五个游戏:套圈、投标、投篮、贴鼻子和抓尾巴。最好玩的是抓尾巴游戏。抓尾巴游戏规则是在每个人的身上绑一圈魔术贴,再粘上六根彩色贴纸,如果能把对方所有的贴纸都扯下来,就算获得胜利。不过,每个人在飞奔的过程中,还得保证尾巴不掉下来,如果六根尾巴都掉了,也算输了。这个游戏是我们两国的小朋友一起玩的。因为我和一个小哥哥年龄比较大,所以我们两个就成了一组,进行一对一的单挑;而剩下的八个中国小朋友则与八个德国小朋友进行对抗;其他的德国小朋友只能跟同国的小朋友一起玩了。

在中外四组对抗赛中,分别有两组中国小朋友和外国小朋友赢了。有一个中国小朋友跑着跑着,把六根彩色贴纸全部都跑丢了,裁判立即判他出局,他很沮丧,可谁叫他没有把彩色贴纸保护好呢?

我们玩累了,比萨也烤好了,就再次回到了餐厅里。每个人都拿到了自己做的比萨,在座位上吃了起来。有一个奇怪的现象,吃比萨的时候,我们中国的小朋友都是用叉子或筷子的,而外国小朋友都是直接用手抓着吃的。也许是因为两国餐饮文化有区别吧!

我们既玩了也吃了,接下来就要抽奖了。可喜的是每个人都抽到了奖品,我抽到的是一个盲盒,打开一看竟然是我最想要的"手办"。这时,老师又从桌子底下拿出了两个大奖,一个是可以变形的机器人,还有一个玩偶娃娃。大家都期盼着能抽到,但奇怪的是,两次抽到的都是德国小朋友。嗨,谁让老板是德国人呢!(2022-08-26)

我和马良过一天

一阵天旋地转，仿佛进入了黑洞之中，等我醒来，揉揉眼睛，发现迎面走来了一个垂头丧气的人，定睛一看，那不是马良吗？

我第一次开飞机

今年第二次夏令营是在湖州,据说能开飞机飞上蓝天。

老师说这次活动内容很多,有滑草与七彩滑道、制作火箭模型、学习无人机的构造和仿生学、模拟飞机驾驶和真机飞行,还有走玻璃滑道、参观蝴蝶科普馆和参加篝火晚会,等等。你猜我最期待的是什么? 不用说,一定是亲自开飞机啦。

一

我们第一天打卡了滑草与七彩滑道。滑草就是每个人坐在一个像卡丁车一样的器具上,从高高的顶部,以很陡的坡度向下滑行,滑道和两侧都是五颜六色的"小草"。我想在小草上滑行,小草怎么受得了? 可仔细一看,啊,原来是塑料草! 心里一下子就坦然了。

七彩滑道也是从顶部向下滑行,一个人乘一艘气垫船,老师又给我们加码了,随着360度的旋转,气垫船像陀螺似的一边旋转一边飞速向下。船身底下是凹凸不平的斜坡,当我们的气垫船一跳一跳地向下滑去的时候,忽然间气垫船竟然被悬空抬起,又瞬间跌落,由于落差很大,人就像坐过山车

一样，心顿时被提到了嗓子眼，要跳出来似的。还没等完全
反应过来，人已经安全地落在了草坪上。

二

第二天早餐后，我们在酒店门口发现了两架无人机在空
中盘旋。无人机我看到过，也在广场上看大男孩操纵过，但
从来没有摸过。现在看见铁蜘蛛似的机器，手心痒痒的，很
想过把瘾。机会来了，教练说："我们今天玩的是大疆无人
机，它不仅在国内销售，国际上的销量也很好，连美国的军方
都采购了大批量的大疆无人机。"你们知道吗？大疆无人机
的老板可是我们杭州人，毕业于杭州外国语学校，还和我爸
爸做过同学呢！

无人机的遥控器上有八个按钮，左边四个控制上下和左
右转动，右边四个控制前后和向左向右前进。掌握无人机好
像不是太难，没多久我就能让无人机纹丝不动地停在空中而
不掉落。接着老师让每个人操纵无人机穿越障碍物。在离
我们很远的地方，有一个被装在三脚架上的呼啦圈，为了让
大家看得清楚，边上很醒目地镶了一圈黑白格子的布。老师
让我们控制好无人机的高度，指挥它穿越呼啦圈后再向前飞
十米，然后再穿过呼啦圈回到起飞的位置，这样就算闯关成
功了。在我们三十二个同学中有两个人闯关失败了，有一个

是回来的时候,因为飞得太高,速度太快,无人机撞在了酒店的门楣上。还有一个同学,因为没有控制好高度而让无人机撞到了呼啦圈,直接坠机了。

"大疆无人机九块九,九块九！摔坏了再买一个！"

这是拼多多的广告,回去后我也可以买一架来玩玩啊！

三

第三天,大家很早就醒来了,因为今天的活动是我们最为期待的模拟驾驶和真机飞行体验,谁愿意错过啊！

早餐后我们来到了湖州机场。老师说这儿的机场跟我们平常坐飞机的机场不一样,这里是商用机场,是私人滑翔机的训练场所。我们先来到了飞机科普体验馆,看到有三个模拟飞机的驾驶座。老师说我们今天的任务是学习模拟驾驶,他教我们如何起飞、如何降落、如何提速,老师还说,只有通过了模拟驾驶的同学才能进行真机飞行。学习的时候每个人都很认真,大部分同学都顺利地通过了模拟驾驶科目的测试。下午,我们分成十一个组,每组三个同学,老师让我们体验神奇的真机飞行了！真的很令人兴奋。可是老天爷不照应,只飞到第二组,天空中就闪起了雷电,机长说在有雷电的时候飞行很危险,所以只能暂时停飞了。这时,雷电闪闪,大雨倾盆,我左右看看,大家的每一张脸都拉得长长的,虽然谁都希望雷雨能快快过去，但我们又不是老天爷！

　　还好，夏天的雷雨就是一阵子，过了一会儿就雨过天晴了。我们兴奋得又蹦又跳，赶紧跟着教练跑着登上了飞机。我竟然很幸荣坐上了副驾驶的位置！真没想到机长还让我操纵了方向盘按钮。一开始机长让我拉起油门，我把手放到了一个能伸缩的操作杆上拉了起来，没想到飞机前面的螺旋桨真的飞速地转了起来，我觉得像在做梦似的，有那么点不真实。这时，机长的话音把我拉回现实："请按下起飞按钮！"

　　我一紧张居然把起飞按钮的位置忘了，机长在一旁提醒说："你旁边的红色按钮就是起飞按钮。"

　　我按下了起飞按钮，飞机果真起飞了。地面渐渐地远去，白云渐渐地靠近。很颠簸，有点像在爬楼梯，一上一下，地下的建筑物变得越来越小，最后什么都看不见了。这时似乎有一股热风朝我吹来，我问机长，是不是挡风玻璃漏气了？机长说不是的，这是空调的效果。我又问机长，机舱玻璃前面都是云，我们怎么回去呢？机长说，虽然我们什么也看不清，但是我们的飞机可是高科技，有导航，只要开启自动驾驶模式，飞机就能准确安全地飞到起飞的地方。这时，机长似乎耍起了杂技，控制飞机一会儿往左一会儿又往右，然后又来一个向下俯冲，再急速向上拉升，我们被搞得晕头转向。在飞机上虽然每个人都戴上了耳机，但是飞机螺旋桨的噪声还是很震耳的。

当飞机平稳地降落到跑道上,老师们也已经在跑道上等候着我们了。

很奇怪的是走下飞机,我们每个人都有点耳鸣,两个人面对面站着说话,竟然听不清对方在说什么。看来飞机驾驶员也不是人人都可以当的。老师却说这是正常现象,只要咽几口口水就会好的,我们试了一下,还真有效。

飞机,我曾经坐过很多次,但那是客机,连驾驶舱的门也没有碰到过,今天我却坐上了副驾驶的座位,还亲手操纵了飞机,真的是心花怒放。

四

第四天的活动是走玻璃滑道,指示牌上写着它的风险程度是二级,把我们吓了一大跳。抬头看看,玻璃滑道很高,当我们顺着魔毯爬到顶部的时候,往下看看,山谷深深的,很多人都害怕了,不想坐皮划艇下去,而是想原路返回。老师笑笑说:"一公里的路途,爬十几分钟才能回到起点。同学们,拿出勇气来,一起往下冲!"在老师的鼓励下,大家不再害怕,两人一组坐上皮划艇。皮划艇的动力竟然不是电,而是水。一股水流冲来,把我们推了下去,开始是一左一右地冲撞,后来突然来了个急转弯,皮划艇像陀螺一样急速旋转,人已经是晕头转向了。接着又直冲而下，终于又来到了平稳的地方，我们想缓一缓气，就听到很多人在喊："身体往前倾，身体往前倾。"我们立马把身体往前倾，没想到前面就是出口，当身体往前倾，重心就往前，船就翻了，大家都掉到了水里，船扣在我的头顶上，像一顶大帽子。等游到岸边，上了岸，全身湿漉漉的。再一看，其他人也是全身湿漉漉的。这是老师想了解大家的游泳水平吗？

最后我们坐着小火车来到了举办结业仪式的地方。每个同学都上台讲了自己的梦想，有的想当运动员，有的想当老师，也有的想当魔术师，我的梦想是当一名程序员，因为我喜欢编程。

晚上是篝火晚会，每个队伍都要安排两个以上的节目。我们队报了一个舞蹈和一个街舞，我们四个同学合唱了《起风了》这首歌曲。大家唱啊跳啊，老师还放起了《本草纲目》，让我们跳刘畊宏的毽子操，有点"嗨"，也有点狂野。

快乐的夏令营就这样结束了。

（2022-09-26刊于《钱江晚报》小时新闻，阅读量4万人次）

走月亮

荷花是夏天的代表,而西湖的荷花更是中外闻名。

今天是周末,我和爸爸妈妈一起骑着自行车来到了西湖边,又大又圆的月亮已经挂在了天上,柔和的月光洒下,照亮了苏、白两堤,照亮了来来往往的游客,照亮了保俶山上的保俶塔,也照亮了美丽的西子湖。

一到白堤上,就看到人如潮涌,人声鼎沸,南腔北调就像在开演唱会一样,我们只能推着自行车前行。

再看看湖面,月亮好像掉进了西湖里,像一个大大的月饼,放在一个"大盘子"上。当鸭子从湖面上游过时,"月亮"就裂开了!

湖中碧绿的荷叶好像一个大圆盘,上面还有几滴小水珠,在荷叶上面滴溜滴溜地打转。有些荷花刚刚露出水面,小蜻蜓就来嬉戏了;也有些荷花已全都展开了,露出了她那金黄金黄的花蕊。我们在意的并不是荷叶的绿和荷花的红,而是荷花散发出来的淡淡清香。

今天,我和爸爸妈妈一起走月亮。(2022-09-06,仿写课文《走月亮》)

仿　诗

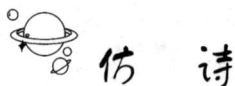

春天的早晨,怎样的可爱呢?融冶的微风,飘扬的衣袖,静静的心情。

夏天的早晨,怎样的可爱呢?朦胧的云雾,不断的蝉鸣,愉悦的心情。

秋天的早晨,怎样的可爱呢?纷飞的枫叶,瑟瑟的秋风,欢乐的心情。

冬天的早晨,怎样的可爱呢?晶亮的雪花,狂暴的寒风,向往的心情。

这些事是永不漫灭的回忆,月明的园中,藤萝的叶下,母亲的膝上。

这些事是永不漫灭的回忆,爸爸还没下班,妈妈也还在上班,陪伴我的只有五颜六色的积木。

这些事是永不漫灭的回忆。他说，一心一意，我说三心二意。我们正在玩成语接龙。

这些事是永不漫灭的回忆。夕阳西下，一辆自行车停在校门口。爷爷将接我回家。(2022-09-13)

繁　星

太阳下了山，鸟儿归了巢，街上的路灯一盏一盏地跳亮，我趴在桌上发呆，不知干什么好。窗外的月亮和半明半暗的星星引起了我的注意。虽然是跟平常一样的月夜，似乎没什么特别，但我今天却很想看，于是我不由自主地爬到了窗台前。

夏天是看星星最好的时候，月亮把星星一个一个地拉出来，一闪一闪间，天空中竟布满了繁星，长长的银河仿佛每时每刻都在流淌。听说银河只在晴天的夜晚可见，它是由无数暗星的光连成的，是银河系的一部分。在我们古老而美丽的神话中，那个每天给天空编织彩霞的织女嫁给了牛郎，每年的七夕之夜就会飞来许多喜鹊，用身体架起一座桥让他们相遇。

在七夕节的那天晚上，据说是人间的女孩子要向织女"乞巧"，学习针线功夫的，而在天上的那条浩瀚的银河中，挑着一担小儿郎的牛郎正企盼与织女相会呢，织女太辛苦了吧。(2022-09-21)

我家"小小动物园"

　　我家就像一个小小动物园:爸爸是一只猞猁,妈妈是条变色龙,而我就是一只好动的小猴子。

　　为什么说我的爸爸像一只猞猁呢? 因为他对什么新东西都充满好奇心,什么都想去看一看、摸一摸、玩一玩。我的爸爸不仅有着强烈的好奇心,还特别喜欢看书,他喜欢看科技、经济和历史类的书,有的时候还会看一些科幻书。他每年要看好几十本书,今年已经看了十几本厚厚的书了。他说起中外历史来头头是道,有时还会给我们介绍各种各样的新科技,我们都是他的忠实"粉丝"。

　　他给我买过的东西不计其数,有别出心裁的桌游卡牌,有稀奇古怪的零食,还有许多高科技的产品。每当有新的东西买来时,我的爸爸就当起了解说员,先说它是怎么发明的,再说怎么使用,有时,他会把游戏的规则都说得一清二楚。最近,爸爸买来了一副 VR 眼镜。一看,我还以为这是一个大大的眼罩呢,可是我的科技爸爸却对 VR 眼镜的使用方法了如指掌,想必他已经花了不少的时间研究吧。我真佩服我的爸爸。

　　我的爸爸是一只猞猁,那我妈妈又为什么是变色龙呢?

一次我考试考了100分,唱着小曲回家,还没走到门口,老妈听到我的声音,立马打开了房门。我赶紧向我妈妈报告喜讯,她又惊讶又高兴:"真的?"我点点头。妈妈这时就变成了红色龙。

我刚坐到位子上,准备做作业的时候,手一挥,不小心把杯子摔到了地上,老妈听到了连忙赶了过来,我以为老妈又要发火变成黑色龙了,没想到妈妈却只说了一句"碎碎平安"。

你可要知道,我妈发起火来可不是一般的厉害。有一次,我爸爸在上厕所的时候看手机,声音开得太大,被我妈听见了,我妈便虎视眈眈地等在厕所门外,我爸刚打开厕所的门,我妈就大声吼道:"上厕所不准看手机!"而且说了一大堆道理,把我爸说得哑口无言。所以我和爸爸经常说,妈妈是一个"易燃易爆"的人。

而我就像一只小猴子,我特别喜欢在家里上蹿下跳,一会儿跳到沙发上,一会儿跳到跑步机上,一会儿又跳到了床上,好像有用不完的力气。我还特别会玩,不管什么东西只要到了我的手上就会变成玩具,一张纸、一支笔,到我手上都能玩上好久呢。

这就是我家的"小小动物园"。(2022-09-30)

豆芽成长记

一

一听题目"豆芽成长记"，你是不是以为这是一个科学作业？其实这是语文老师给我们布置的观察作业。

我在柜子里"翻江倒海"，"叮叮当当"一阵响过后，终于找出了红豆、黄豆、绿豆三种豆子。每种选了五十颗完好的豆子，放进了同样大小的碗里，倒入了等量的水。

倒下去的时候，豆子们纷纷撞击碗壁，发出了"丁零当啷"的响声，最后安静地睡在了碗的中央。

这时把手伸下去摸一摸豆子，硬硬的，扁扁的，干干的。

第二天，我一起床就奔向厨房，发现它们都变得胖胖的，好像昨晚喝了太多的水，喝撑了。而且碗里水的颜色也都发生了变化，红豆的水微微地带一点红，黄豆的水稍稍地带了一点黄，绿豆的水变成了翠绿色。似乎绿豆芽发得最快，脑门的小白芯儿上已经有一个小突起了。

我把三种豆子的水都倒了，清洗了一遍，再在碗底铺上了两层湿润的纱布，把豆子均匀地放在纱布上，再盖上两层湿纱布，以保证豆子有足够的水分，期待明天会有新的变化。

第三天一起床,我就过去看了,发现绿豆和黄豆都发芽了,其中绿豆芽长得最长,豆子的绿壳也掉了,露出了里面白白的豆瓣。而红豆呢,还在继续变胖。

看到纱布比较干了,我就往碗里加了一点水,待纱布充分湿润后,把多余的水倒掉,让豆子一直保持足够的水分。看看明天还有什么变化。(2022-10-16)

二

你们猜猜豆子们在这两天发生了怎样的变化呢?

第四天放学回家后,我发现红豆也破壳而出了。红豆上盖的纱布都带有一点点的红色,而其他两种豆子的纱布却没有变化。黄豆全部脱壳了,长出了一条白白的豆芽。

绿豆的芽长得更长了,已有两厘米了,豆瓣儿破成了两块,豆芽从中间长出来,豆芽的顶端还长出了细小的毛毛。绿豆脱下来的壳,就像青蛙两只绿色的大眼睛。还没有掉壳的豆芽,从稍远一点看,就像一只还没有丢掉尾巴的小青蛙,正在和你对视呢。

我发现盖在豆子身上的纱布都又半干了,于是就给它们洗了一次温水澡。

今天是第五天,放学回家,我立马跑过去观察豆苗,远远望去,像三块颜色不同的橡皮泥。跑到近处,揭开纱布,我发现黄豆和红豆这两天几乎没有长,而且黄豆有的豆瓣上还长出了一些灰灰的小斑点,豆芽的根也变黑了,似乎烂了。这是为什么呢?是水分太多?是温度太低?还是其他原因?我查了一下百度,豆芽的适宜温度在二十摄氏度左右,而今天的最低温度是十摄氏度,可能是气温太低了吧。可是绿豆却还在继续生长,最长的芽已经有四点五厘米长了,最短的也有两厘米多了。看来豆子的耐寒能力不一样,绿豆的耐寒性最强,红豆次之,黄豆最弱。

我真期待明天的豆芽有变化,到底是豆芽烂得更多了?还是长得更高了呢?(2022-10-18)

三

今天是发豆芽的第六天,气温十一至十九摄氏度。昨天放学后,为了不妨碍豆子们的生长,我把发豆芽的碗换成了塑料罐子,在底部打了五个小洞,铺上两层湿纱布,把豆芽轻轻地放到纱布上,豆芽都躺在纱布上,好像在睡觉。又在罐口上放了一支铅笔,在上面盖上湿的纱布。今天放学回家后,我就跑到罐子面前,揭开纱布,发现黄豆和红豆还是老样子,芽没有什么长,豆芽也没发黑。只有绿豆有了较大的变化,豆芽都站了起来,有的高,有的矮,远远望去,就好像一片刚刚出土的小草。绿豆刚发芽时豆瓣是白色的,今天豆瓣也变成了淡淡的绿色。(2022-10-22)

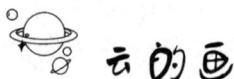

云的画

夏天的傍晚,鸟儿驮着夕阳飞回了巢穴,我也下了楼,来到了小区散步,我抬头往天空看去,发现今天天空特别蓝,像无边无际的大海。

一会儿,云上来了。云特别白,云朵层层堆积,厚厚的,就像一群小鱼,其中有的像带鱼,有的像小丑鱼,还有的像鳊鱼。它们有的好像在游泳,有的好像在捉迷藏,还有的好像在玩"老鹰捉小鸡"的游戏,真是有趣极了。这时,一条凶猛的"大鲨鱼"游来了,"小鱼"们害怕极了,都开始逃逸,他们有的逃到了"崖壁"后面,有的躲到了"珊瑚石"后面,还有的直接逃到了"海面"上,还有些不走运的直接被"大鲨鱼"吃掉了。

这时,从西边出现了一堆浓浓的积云,好像一头凶猛的野猪朝我们飞奔而来,头仰得高高的,眼睛瞪得圆圆的,嘴巴张得大大的,鼻子跟猪八戒一样。当你看到这种云的时候,就请你备好雨伞,因为这种云的出现代表很有可能要下雷雨啦!

忽然,天空中传来了一阵轰隆隆的响声,一架战斗机划破云天,飞速向远处飞去,在它的后面留下了两条雪白的尾线,就像两条蛟龙,在天空的大海里自由翱翔。过了一会儿,两条合二为一,变成了一条又粗又长的巨龙,卧在蓝天中。没过一会儿,这条巨龙慢慢淡了下去,断了开来,有的像一把把雨伞,有的像一块块珊瑚,最后什么都看不见了。

这时,星星也醒来了,深深地伸了一个懒腰,就正式开始值班了,它们只要放出光芒,就可以随心所欲地玩儿。我想数一数星星的兄弟姐妹到底有多少个,可他们好像在跟我在玩捉迷藏的游戏,我怎么数都数不清。

当我正在数星星的时候,云又上来了,一朵一朵的,就像一片一片巨大的鱼鳞,这时整个天空就像是一条大鱼,但头在哪儿不知道,尾巴在哪儿呢看不见,星星也躲起来了。

有一句农谚:"天上鱼鳞斑,晒谷不用翻。"这种云的出现说明第二天一定是个大晴天,农民伯伯们最喜欢了。

我愣愣地盯着它们看,盯着盯着,云在天上就变起了戏法。不信,你也试试,很好玩的哦!(2022-09-23,仿写《冰的画》)

我和马良过一天

周末,我去图书馆看书,突然看见一本神奇的书,我还没有摸到它,那本书就慢慢地自己打开了。一道强烈的旋涡向我涌来,把我吸了进去。一阵天旋地转,仿佛进入了黑洞之中,等我醒来,揉揉眼睛,发现迎面走来了一个垂头丧气的人,定睛一看,那不是马良吗?

我一路小跑,来到马良面前:"马良你遇到了什么问题吗,怎么垂头丧气的?"马良叹了口气:"杨贵妃让我今天把她最爱吃的荔枝送过去,你可要知道荔枝产在南方,离长安有千万里路呢。"

"荔枝我已经摘来了。"马良从背后掏出一个大箱子,我往箱子里面一看——红彤彤的荔枝,粒粒饱满。

为了让荔枝不变色,必须要以最快的速度送去长安!马良在犯愁"速度",哭丧着脸说:"千里马也做不到啊……"

"哈哈,我有办法,用我们现代的科技——飞机就可以了。"

我帮马良在地上画了一架飞机,把最后一个翅膀画好后,往后退了两步,过了几秒,一架巨大的飞机出现了!马良惊讶得眼珠子都快掉出来了,我拉着他一起进入了机舱,将一大箱荔枝也搬了上来。在控制板上输入"长安"二字,飞机的舱门就缓缓地关闭了。

一个多小时后,飞机的广播慢慢说道:"亲爱的主人,飞机已安全到达。"

舱门缓缓地打开,马良和我一起走出了飞机。下面的人都惊讶极了,纷纷讨论着,说:"这是什么新奇玩意儿?""这东西是怎么来到这儿的?""这么大的东西怎么能飞得起来啊?""难道他们是神仙?"马良激动地说:"我们是来给杨贵妃送荔枝的!"

这时,一个宫女拍了拍我俩的肩膀,我和马良跟着她慢慢走进了宫殿。唐朝的宫殿可真气派呀,杨贵妃坐在那里,我们立马呈上她最喜欢吃的荔枝。杨贵妃惊喜不已,让歌女载歌载舞,并邀请我们一起吃荔枝。

吃完晚饭,我们来到了住处,准备睡觉,这时耳边听到了一声清脆的说话声:"恭喜你圆满完成任务,请回到现实世界去。"

接着,又是一道旋涡在眼前出现,我奋力挣扎,还想在唐朝多玩一会儿呢,可是一股强大的力把我吸进了洞里。等慢慢醒来,我发现自己还在书店里津津有味地挑选着书呢。(2022-10-12)

我和孙悟空一起旅行

周末,我正躺在沙发上看着电影,嗑着瓜子,忽然,从电视机里蹦出了一只毛茸茸的动物,并把我拉进了电视机。等我醒来,发现那只动物竟然是孙悟空。

孙悟空说他想带我去花果山采桃子。可是这儿离花果山有十万八千里,怎么去呢?孙悟空说:"我有办法。"随即把手高高举起,又快速落下,筋斗云就踩在了他的脚下。孙悟空二话没说,拉上我腾云驾雾,飞向花果山。

从筋斗云上看,满目青山,郁郁葱葱,山间是漫漫云海。我们慢慢落到了花果山山脚,平坦宽敞的地上种了各种桃树:有天宫的蟠桃,有浙江奉化的水蜜桃,还有新西兰的油桃。

花果山顶上有条通天河,河水昼夜不停地往下倾,像一块白色的水帘子,形成了气势磅礴的瀑布,瀑布后面就是赫赫有名的水帘洞了。

山上,小猴子们都在尽情玩耍,有的在树枝上荡秋千,有的在玩捉迷藏,还有的用桃子当手榴弹,你投过来,我砸过去,没一会儿,地上都是桃浆了。

孙悟空看不下去啦,三根手指一撮合,口中念念有词,说

"收",只见那些嬉戏打闹的小猴子瞬间被收了回去。余下的小猴子纷纷停止了游玩,毕恭毕敬地向齐天大圣行大礼。悟空说:"小的们,今天是王母娘娘的生日,我们要采三筐最好的桃子送给王母娘娘,让她尝尝花果山桃子的味道!"

小猴子们一听要给王母娘娘送桃子,就纷纷去采摘桃子了。

在这期间,我不停地拿起手机拍照片和视频,把这些有趣的镜头都拍了下来。孙悟空问我:"你手里的那个玩意儿是干什么的呢?"我把我拍的视频放给他们看,孙悟空惊讶极了,每次都是他钻进别人的肚子里,这次我把他装进了手机的"肚子"里。小猴子更高兴了,纷纷说他们也学会了大王的本领,能钻到别人的肚子里去了。

最后,我们从桃子堆里百里挑一,装成了三筐,分别是蟠桃、水蜜桃和油桃,踩着筋斗云送去给王母娘娘了。(2022-11-11)

人也是风景

　　我的外婆是一个奇人，自从我出生以后，外婆就从江西来到了杭州，但她不敢一个人出门，出了门连过一条马路都怕。我家的对面有个菜市场，她不敢去，就怕找不到回家的路。从外表看，外婆很壮实，可由于缺少锻炼，脚下没劲，有一次，爸爸妈妈带着外婆去爬老和山，只爬到一半外婆就累得气喘吁吁，直喊着要回家。

　　十年过去了，我上小学四年级，我的外婆也发生了极大的变化，渐渐从"社恐"变成了"社交牛人"。自从我们搬家以后，外婆在新小区、老小区认识了许多朋友，并组建了一个外婆奶奶团，每天游山玩水，今天游西湖，明天爬宝石山，后天去植物园，一天换一个地方，可以说杭州的山山水水、角角落落都给她们玩了个遍。现在一说到杭州景点，她如数家珍，比土生土长的杭州人还要熟悉。现在爬老和山对外婆来说已经是小菜一碟啦。在微信运动里，她有时一天会走两万多步，几乎每天都是朋友圈里第一名。

　　去年夏天，外婆想学游泳，她进了游泳馆，探头探脑地问泳池的前台："我……我可以来学游泳吗？"教练抬头很认真地看了看外婆，许久才说："你真的想学，那就过来试试。"记得以前我们去海边玩水,外婆最怕水了,自称是个秤砣子,水还没齐腰高,就哇啦哇啦地叫救命。而现在是自己要学游泳,那就完全不一样了,一年下来,她的游泳视频在朋友圈里流传得很广呢。

现在我的外婆成了一个大忙人,大清早到黄龙洞练太极,下午两点泳池里"泡水",晚上瑜伽馆练功,还要到风景区玩。关于杭州的展览和购物节她总是第一时间知道。别看她们是一群老太太,但跟年轻人一样AA制吃饭!甚至还能拿老年卡坐地铁去海宁一日游呢。

跟从前比,我的外婆像变了一个人似的,热爱学习,不怕困难,有一股钻劲、韧劲,别人会的她会,别人不会的她也想会。大家都说,我的外婆是杭州的一道靓丽风景线。(2022-11-18)

西子湖畔有我家

　　我的家乡在杭州,这里有一个闻名中外的景区——西湖。它有一个美妙的故事:传说天上的玉龙和金凤在银河边找到了一块巨大的白玉,他们把白玉精心地雕刻成一颗明珠,照到哪儿,哪儿树木就常绿,百花就盛开,西湖就是这白玉雕成的明珠。

　　春天的西湖,苏、白两堤桃红柳绿,堤下水光潋滟,远处山色空蒙、青黛含翠。西湖不仅仅美在春天,也美在接天莲叶无穷碧的夏天和秋天,这时你在两堤上行走,就能闻到荷花淡淡的清香,那粉红色的花朵多像姑娘害羞的小脸蛋啊!还有那像碧绿大圆盘的荷叶,清爽可口的莲子,都让游人流连忘返。但西湖更让人难忘的是雪后疏影横斜的红梅……

　　"毕竟西湖六月中,风光不与四时同。"初夏的西湖最美,阳光下波光粼粼,湖面上有飞翔跳跃的野鸭,仰天高唱,也许它们在欢唱"鸭子进行曲"吧,小鱼在水中穿来穿去,是想与鸭子捉迷藏吗?

　　俗话说:"日西湖不如夜西湖。"夜色中,灯光和音乐喷泉把西湖打扮得五光十色,还有那逶迤多姿的宝石山,吸引无数游客前来观赏。

西湖,不论你何时来都能领略到她不同的风采。

这就是有着美丽传说的西湖,风景优美的西湖。(2021-11-17)

三跳比赛

今天要举行我们学校一年一度的三跳比赛,选手们都在抓紧时间练他们要参加的项目。早操时在练,课间在练,有的人连午休时间也在练。到了下午第一节课,比赛开始了,九个班的同学一个一个地进入了场地,等全体同学都到了现场,总裁判的哨声响了,比赛正式开始。

我参加了花跳比赛,我前面两个人跳得真快,好像只要啦啦队喊得再响一点,他们就能跳去外太空似的。我是第三个跳的,只听得裁判喊道:"下一个——"我打了一个寒战,很紧张地来到了考试官面前。他的哨声一响,计时开始,一分半钟后,裁判结束的哨声响了,我从老师和同学们的欢呼中,从考试官的表情上,感觉自己跳得还行。但最终的成绩要等到明天才能知道。

第二天,又是心惊胆战的一天,每个人都在期待着,希望自己能取得一个好成绩。到了中午,我们在广播里听到了各项比赛的成绩,老师一个一个地报班级、学生、成绩、名次。有人竟然在一分半钟跳了一百四十个花跳,我也不差,跳了一百三十二个,得了第二名。

希望明年三跳比赛的时候我能够拿到第一名。(2022-11-17)

炒龙井虾仁

　　龙井虾仁是杭州的招牌菜,闻名全世界。而今天是一个特别的日子,因为妈妈要和我一起做龙井虾仁这一道菜。

　　首先,我和妈妈一起把虾洗净,然后就开始了分工合作的环节:妈妈先把虾头去掉,将剩下部分传给我,我再用叉子插入虾的壳内,往上轻轻一撬,虾壳竟然脱开了,只见里面有一条黑黑的线,细极了,我慢慢地用手将这条黑线从虾体内取出,这样一只虾就算"整容"完毕了。

　　接下来,把虾仁倒入筛子盘内,沥掉多余的水分。接着,把虾仁放进一只大碗里,里面加入盐、酒、鸡精、蛋清和面粉等调味品后,用手充分揉捏,做一个"SPA"。接下来就进入了预备环节,先盖上保鲜膜,腌制二十分钟,让调味料的味道充分融入虾仁中。

　　最后就进入了加工阶段,打开炉子,把火调到中火,在锅里倒入适量的油,再将腌制后的虾仁倒入锅内,炒上个几分钟,最后再往上面撒上一些泡开的龙井茶叶,翻炒几下,盛出来装盘,一盆色香味俱全的龙井虾仁就完工了。一尝,好吃极了,表面淡粉色里面很Q弹。(2022-11-16)

大禹治水故事新编

从前，黄河边经常发洪水，舜帝先是让鲧去治水，鲧治水办法用的是"堵"。用泥土和石头堵水，堵了九年还是没有堵住，老百姓怨声载道。

鲧去世后，儿子禹接替父亲治水，他分析了父亲失败的原因，吸取只堵不疏的教训，采取了"疏"的办法，"疏顺导滞"，利用水自高向低流的自然趋势，顺地形把壅塞的河流疏通，把水引入河道、洼地或湖泊，然后合通四海，从而平息水患。

禹治水用了十三年，曾经三次路过家门口而未入。有一次，甚至都没有进去关心一下他刚出生的小宝宝，而是继续和老百姓一起去治水。

最后，禹的方法终于奏效了，历史有记载"禹疏了溪"。了溪，后称"剡溪"，就是今天曹娥江的上游。如今的绍兴还留有众多的大禹遗迹，如大禹陵、禹祠、窆石以及碑刻。此外，绍兴还有不少地名与大禹的故事有关，比如夏履桥，相传大禹治水经过这里，他的一只履被洪水冲走，老百姓为了纪念大禹治水的功绩，在他失履的地方造了一座桥，名曰"夏履桥"。

　　其实大禹不仅治过水,而且还治过山。那他为什么要治山呢?就是为了不让水被山堵住,让水流入大海。后来只要哪个地方有洪水,禹就去哪个地方治理。慢慢地,黄河流域、长江流域的洪水越来越少,庄稼的收成也越来越好了。

　　至今,在中国许多地方,都留下了关于禹的遗迹。河南开封有禹王台,浙江绍兴有禹庙和大禹陵,传说他晚年在绍兴大会诸侯,最后在绍兴去世。

　　禹的忘我精神,成为中国人民优秀传统美德的一个重要组成部分。(2022-11-24)

给妈妈的一封信

亲爱的妈妈：

我忘不了您年年为我举办的生日家庭晚会，有蛋糕，有礼物，有祈祷，有祝福。每次吹蜡烛前您总让我悄悄地许个愿，但却从来不问我许了什么愿。今年，我十岁了，您说在江西的风俗里，人生的十周岁是个大节，需要特别隆重地纪念，您就为我定制了"贝宝十周岁快乐"的蛋糕，晚会上您送给我许多祝愿，并郑重其事地说："贝宝，你长大了，妈妈希望从今天开始你自己整理书包，自己检查并准备第二天上学要带的东西。"

我爽快地答应了，觉得整理自己的书包是小菜一碟！当天晚上，我就把书包兜底倒了出来，课本、铅笔盒和七七八八的小东西散了一地，我第一次发现自己的书包有这么乱。

我对自己说："我从今天开始长大了，一定不让妈妈整理书包，我都读四年级了！"

我知道，我的妈妈是个大忙人。人家的妈妈晚饭都能回家吃，而您和我共进晚餐的日子似乎只有双休日，轮到出差，那就双休也不在家了。平常您最早也要八九点钟才能回家，很多时候，您踏进家门我早已进入梦乡了。可是您以为我真睡熟了吗？其实每次只要您温暖的手搭上我的额头，我就会醒来。不过我假装深睡不知，一动也不敢动，希望那只手能长久地抚摸……

我开始学习自己管理自己，基本上每天都自己整理书包，不过，总难免有丢三落四的时候。有一次，是我们这个学期每个人都最期待的课程——让小车运动起来！让我们自己设计小车，是多么有趣啊，大家都特别兴奋。老师在两天前就把小车的零件发了下来，我一到家就把它们放在了桌上。老师还特别强调别忘了把学具带来，不然你就只能眼睁睁地看着别人做了。我回家就开始做作业，作业做完，一看时间，快十点钟了，得赶快上床睡觉，就忘记了这件事。

第二天快上课的时候，我才想起来自己忘带了小车零件，难道只能眼巴巴地看着别人做了？手痒痒心痒痒！多么希望出现一个神仙或者马良，我下意识地在书包里东翻西找，这么一找，还真被我找到了！

没有神仙，也没有马良，亲爱的妈妈，原来您每天晚上还一直在检查我的书包！

祝

身体健康

儿子贝宝

2022年12月10日

当了一天采茶工

我今年的第一杯茶,是龙井茶,那可是我自己从山上采来的哦。清明节,妈妈的同事龙光叔邀请我们去他家采茶,他的家就住在狮峰山下。

狮峰山是浙江省西湖龙井原产地一级保护区,更是西湖龙井茶"狮龙云虎梅"五大产地之首。由于土质好,狮峰山最适宜茶树生长,因此,海内外朋友都喜爱狮峰龙井。

那天,龙光叔抱着小宝来接我们。小宝才出生两个月,胖嘟嘟的很可爱。小宝有个哥哥上幼儿园大班了,小名叫小汤圆,但却一点也不像汤圆,精瘦精瘦的,机灵得像一只小猴子,平日经常跟着外婆上茶山,所以对周边的环境特别熟。只要跟他说一个地名,他拍拍屁股马上带你去。

他们家有个可以喝茶待客的院子,边上还有一个棚子,放着炒茶机和茶匾。茶匾是摊晾青叶用的,比圆桌还要大,分层插在木架子上,旁边堆放了很多的茶篓和斗笠。

我们戴上斗笠,带上采茶篓子,跟着小汤圆像模像样上了茶山,他很快就找到了自家的茶地。他家的茶园在一座小山的南面,边上有一条潺潺流淌的小溪。龙光叔介绍说最老的茶可以活到一百多岁,他家也有一些几十年的老茶树,但大部分是三年龄和四年龄的。他说采茶要掌握时间:清明前的茶最稀有,也最贵;清明后的茶就比较普通了,叶子老了,叶片大,口感会不好。这儿的茶农只采明前茶,不采明后茶。他还说,今天采,还是明前茶,明天采,那就是明后茶了,价格就要差很多了。他教我们采一芽二叶的茶。

很快我们采了半篓茶叶,准备回龙光叔家了。路上,我看到有人把一些茶树裁剪掉,只留下了短短的树干。龙光叔告诉我们说,在这里过了清明,就把茶蓬修剪了,让茶树有半年多时间可以休养生息,这样第二年的明前茶茶芽肥硕,色泽翠绿,香气宜人,含有丰富的维生素和氨基酸,且产量高,可以卖上好价格。

回到龙光叔家,开始看炒茶。本来以为可以看见手工炒茶,但他们说现在炒茶都不用人工炒了,因为手炒的话,手很容易起泡,即使戴个手套,茶的质感也不好。所以现在都用机器炒茶,方便,质量也能保证。

我们回家的时候,龙光叔还送给我们两盒刚炒出来的新茶。(2022-11-30)

我的小仓鼠

　　我们家有一对活泼好动的小仓鼠,一只叫小白,另一只叫小黑。小白通体雪白,肚子上像长了两个大汤圆似的,走路的时候还时不时会抖两下,两颗水晶似的小眼珠镶嵌在它的脑袋上。而小黑的背上有一条黑一条灰两条粗细不一的条纹,就好像是商品包装上的条码一样。

　　小黑和小白是两个安分的家伙,它们只对吃和睡感兴趣,吃了睡,睡了吃,最多也就是参加一下我给它们制订的减肥计划。

　　每当我把它们最喜欢吃的仓鼠饼干递给它们的时候,它们两只手捧着食物慢慢地往上推,两颗大门牙翘在外面格外显眼,嘴巴快速地一张一合,饼干就进了它们的肚子,然后又会利索地拿起第二块继续进食。它们吃东西的声音非常的大,好像想让全世界的人都听到它们在吃,要是你听到“咔嚓咔嚓”的声音,那准是它们又在吃东西了。这种声音很诱人,让我也很想咬一口,尝尝鼠粮的味道。

　　小黑和小白饼干吃多了就要喝水,喝水的时候它俩的风格完全不同。小白喝水的时候非常文静,它轻轻地用嘴咬住饮水器,用舌头慢慢去吮吸水;而小黑则非常着急,冲到饮水器旁边,嘴巴一口咬住饮水器,小肚子一鼓一鼓地猛吸水,时不时还会呛到水。

我每天一回家,便会急切地跑到仓鼠笼去看我的两只小仓鼠。可是我第一眼看到的不是那胖胖的小肚皮,而是那两颗白白的长长的突出的大门牙,小仓鼠的两颗大门牙特别的萌。你想,我们要每天刷牙,才能保住我们雪白的一口牙,可是小仓鼠吃吃喝喝从来不刷牙,它们的那两颗大门牙就是不会黄。

小黑和小白睡觉时也非常古怪。到了晚上,我把它们两个放在各自的小窝内,可是第二天早上一起来,却发现两只小仓鼠正打着鼾睡在同一个房间里相互取暖,且睡的房间也很有讲究,如果今天睡小白的房间,那么明天睡的必定就是小黑的房间。仓鼠睡觉时,要么四仰八叉地仰天大睡,要么就是把四条小短腿蜷缩起来呈一个海螺的姿势。

小黑和小白还很贪玩。它俩经常举行挖洞比赛,各自伸出那两只尖尖的小爪子,做着土拨鼠的动作,慢慢往下挖,身体露在外面的部分越来越少,最后只剩下一个俏皮的小尾巴留在外面。这时,可能是碰到底了,两只小仓鼠不约而同地蹿回了上面。这场比赛分不出输赢,可它们身上都沾上了灰,变成了两只灰仓鼠。有时候两只小仓鼠还会进行跑步比赛,它们在滑轮上不停地迈着它们的小短腿,还时不时吱吱地叫着,可是小白总是比不过小黑。

　　两只小仓鼠相处还是很友好的,从来不吵架,不会用嘴巴去咬对方,最多只在对方身上挠痒痒似的挠来挠去。

　　这就是我家两只可爱的小仓鼠。(2022-12-05)

穿越时空的风景

五百年过去了，Alpha 星球成了太阳系里最有生气的星球。可是不管生活有多幸福，Alpha 星球上的人类始终抹不去的是对地球风景的怀念……

北京环球影城

一

一听说要去北京环球影城玩，我真有点激动呢。据说全球只有六个环球影城，其中我们中国就有一个，那就是北京环球影城，许多人跋山涉水来到这里进行体验。

一踏进大门，放眼望去，人山人海，大家挤挤挨挨，水泄不通，好像把一桶水倒下都流不起来。环顾四周，一眼便看到哈利·波特的英文字母，我径直朝那里走去。那里有霍格沃茨城堡，有专卖四个学院院服的哈利·波特服装店，还有卖互动魔杖的魔杖店。

互动魔杖很有趣，妈妈给我买了一根。一根魔杖可以玩十个橱柜，你可以根据地图上的标记，找到对应的橱柜，按标示的动作挥动魔杖，并且念出上面的咒语，橱柜里就会出现各种各样奇特的反应。比如：当你挥动魔杖比画"R"时，那里的酒杯就会一边旋转一边倒酒，而当你用魔杖画出"B"时，酒杯就会停止旋转；当你画一个"6"时，橱内衣服上的领带就会自动系好，当你再画一个"9"时，领带就会自动解下；当你在一个橱窗前画一个"V"字形时，有许多张泛黄的牛皮纸就会从里面飞出来,而且飞来的轨迹每次还不一样,而当你画出"∧"时,这些纸就会整齐地被收回,什么也看不见了;当你来到另一个橱窗,对着那里大声地喊着魔咒,用手里的魔杖画出了一个"4"时,里面的笔竟然自己站了起来,当你接着画一个"M"时,那支笔自己写起了字。这是怎么做到的?这些橱柜不会真的被哈利·波特施了魔法吧?怎么可能呢?魔法只在小说中存在,所有魔术都只是障眼法,天上不会掉馅饼,一切收获都要付出。

在哈利·波特标志性大门的右边,有一辆红色的特快列车停在站台上,那是哈利·波特从麻瓜世界到霍格沃兹的最快速的交通工具,而且这列火车还会不定时地发出轰鸣声。当轰鸣声响起时,列车里就会走出一个外国人,他讲着我们听不懂的语言,然后右手做着邀请的动作,示意我们到台上和他们合影。很荣幸,我很快就被选中了,我上了车,坐在列车长的边上,我做了一个哈利·波特的动作,妈妈赶紧拿出相机,将这珍贵的一刻定格在了她的相机里。

二

参观完哈利·波特乐园,走出园区向右转便来到了好莱坞电影剧场。电影里经常有英雄奋不顾身地撞破窗户跳下楼去,玻璃窗碎得四分五裂的场景,很是惊心动魄。但若是告诉你玻璃窗只是一整块用糖制成的薄片,用手掌轻轻一推就会粉碎,你会不会惊讶呢? 也有时候,你看见英雄人物站在高高耸起的冰山上,那也不是真的,演员也许只是站在一个冰山的模具上,或者是根本不用模具,是用后期的特效直接"P"上去的。听完这些,你还会不会感到震撼? 你说这些电影制作人狡不狡猾? 可这还远远不够,为了让我们有更直观的感受,制作人直接让我们身临其境。我们顺着打开的大门来到了第二个演示厅,那里正在演的是一个渔村遭遇台风的情景。台风来了,海浪猛烈地冲击着,船在海面上不停地摇摆,船上汽油管子里的油漏了出来,突然一个火星瞬间点燃了汽油,海面上燃起了熊熊烈火,阵阵热浪向我们扑来。可是这些船却完好无损,这是为什么? 许多观众提出了疑问。这时,制作人出来解答,说这是因为这些船都是用防火材料做的,根本不怕火。原来我们看的电影都是这样拍出来的呀! 谜底揭穿了,下次看电影的时候还会激动吗?

三

　　参观完电影剧场,我们顺着人流径直朝过山车走去,那里人山人海,排着长长的队伍,密密麻麻的都是人,不知道要多长时间才能轮到我们。但没办法,只能站着等。往窗外望去,天上下起了蒙蒙细雨,乌云渐渐地笼罩了整个天空。这时园区的喇叭响了,报着一个一个游玩项目的名称,一开始我们还以为是什么好消息,激动极了,可是听到最后才知道,是因为气象预报有"雷暴",过山车项目暂停!顿时,人群"炸窝"了:撤还是等?大家抬头看天,忽然一道闪电划过了天空,紧接着是一阵阵的轰鸣声,豆大的雨滴打了下来。等候的队伍开始动摇,有一个家庭向大门走去,紧接着游客中不耐烦的人多了起来,三三两两地撤,撤着撤着,最后坚定不撤的只有我们几十个人了。没想到好运突然降临:天不下雨了!

这个项目又开始啦!

管理人员终于放了第一拨人出去。车子来了,一辆车有八排,每排坐四个人,我们坐最后一排。这时大家都激动得高声呼喊,后面还传来了猛烈的掌声,似乎是在庆祝终于等来的希望。

过山车三百六十度急速旋转,颠来倒去让人有天翻地覆的感觉,有人头晕、胃难受,还有人会呕吐。可是我不怕,我觉得这个项目刺激过瘾!当我们玩到一半的时候,广播里又在说不能玩了,原来又要下雨了。果然一丝丝绵绵的细雨拂过我的脸颊,天上又乌云翻滚,乌黑的云近在咫尺,好似伸手可及。乌云伴随我们到结束,暴雨还没有下下来,你说我们运气好不好?(2022-12-24)

第一次滑雪

冬天,每个人都有一个去滑雪的梦。

今年老妈给我报了个滑雪班。昨天,我就真正体验了一把滑雪。到了雪场,我看到好多人都摔了个四仰八叉,我想在硬地上滑板滑得很溜的我,总不会像他们这么狼狈吧。

老师说,雪场一天有两个场次,每场两小时,我们是在第二个场次。两场中间隔着两三个小时,不知道这是为什么。在我们吃饭的时候,这个谜题解开了。

饭厅的窗外就是滑雪场。我们发现雪场的工人正从雪底下抽出一层塑料布,他们把所有的积雪都推到了一边,雪很快就融化掉了,有人惊叫起来:"快来看快来看,雪都没有了,雪场消失了,下午我们还滑什么呢?"就在这时,听到了一阵阵轰隆隆的响声,我们的老师说:"别担心,造雪机开始造雪啦。"真的,从餐厅的窗户望出去,造雪机器里面装的就像是一块块大大白白的冰激凌,但当冰激凌被"吐"出来的时候就碎成了碎碎的冰碴,雪场又变成了白茫茫的雪地了。用手抓起地上的一把雪,放到眼前一看,发现是一粒粒正方形的冰碴。你知道吗? 真雪也是有保质期的。当雪刚下来的时候,它处于蓬松状态,雪很厚时,我们一倒下去,就会出现一个人形的深坑。而随着时间的流逝,雪也会慢慢变质,变得越来越硬,这时人如果再躺下去,就会摔个鼻青脸肿的哦！人造雪场的雪就是后者。

　　老师让我们穿上滑雪服和滑雪鞋,戴上防水手套和头盔,我们一下子成了一只只臃肿的小狗熊。老师叫我们一只脚用力蹬地,当觉得有足够冲力的时候,再将另一只脚放到踏板上,这样就能滑行很长的一段距离。我以为这个动作非常简单,可是真滑起来,踏板却立马停了下来。通过多次实践,我们终于掌握了上板的要领,主要是上板的速度与人体平衡一定要把握好。当我们掌握技巧后,老师又把难度升级了,让我们双脚滑行。先是练习直线滑行,接着又练习左右滑行,然后老师带着我们来到斜坡上练习。上坡可以乘坐魔毯,可下魔毯后蹦到起点真的很吃力,要像袋鼠一样一跳一跳地跳到起点。往下滑行的时候,由于坡度的原因,速度很难控制,一不小心就会来个“狗啃雪”。虽然老师教我们用后刃滑雪,但我们还是会四脚朝天,幸亏身后有一只毛茸茸的“小乌龟”做成的屁股垫子,我们一次次地溜坡,一次次摔跤,屁股不疼,可“小乌龟”却遭殃啦。我的朋友土豆泥,她的“小乌龟”屁屁开了花;还有人的“小乌龟”头破了,吐出了很多白白的绒毛,就像“小乌龟”头上长出了白发;我的“小乌龟”脑袋秃了,是我摔倒时被雪给粘秃的。

　　滑雪很好玩,两个小时好像一会儿就过完了,真不过瘾！

（2023-01-03）

穿越时空的风景

一

"哗哗哗……"风努力阻挡着飞船的脚步,哪怕只是徒劳。坐在驾驶舱的Lucas忍不住透过小小的舷窗回望——一片蔚蓝中迪拜八百二十八米的哈利法塔孤零零的塔尖矗立着,可它又能坚持多久呢?

飞船以极快的速度远离着地面,但Lucas仿佛依旧能看到那些倾泻而下的雨帘,毕竟这六个月里它们没有停歇过一天,汽车像轮船似的劈开水花前进,空中还时不时掉下来螃蟹和鱼……连他的梦都被可恶的雨水侵占了。

某些液体即将从Lucas的眼眶中奔涌而出,就在今天早上,地球球长向作为科学家的他下达了命令——带领团队离开地球,尽快为人类寻找新的居住地。

Lucas他们经过几天几夜的飞行,终于来到Alpha星球。

撤离地球时他们把能搬的东西都搬上了Alpha星球,在星球上造起了高楼大厦,很快地球人都住进了新房子,科学家们也有了自己的实验室。城市渐渐有了雏形,人们也开始享受Alpha星球的美好生活。

　　科学家们从实验舱里拿出各种植物样本,在实验室繁殖,然后再将植物移植到星球上,满心希望重建一个地球家园。Lucas多么希望有美丽的西湖,有白堤、苏堤的小桥流水……

　　可是在Alpha星球的第一个春天,Lucas吃惊地发现从地球带来的所有种子都没有发芽! 这下,科学家们急了,这是怎么回事呢? 原来,人们在乘坐飞船的时候,经历了太阳风暴,由于人类都穿上了宇航服,没有受到太阳风暴的影响,可植物们却没有宇航服覆盖,实验舱内的植物和种子里面的细胞都死掉了。

　　这个消息有点惊悚。世界末日的恐慌开始降临在Alpha星球,居民的食物开始限量供应,一日三餐改为一日两餐,最后变成了一日一餐! Alpha星球的新居民人心惶惶,Lucas一夜之间居然变成了一个白头发白胡子的老爷爷!

　　科学家们试图从地球上找来植物,可是,通过天文望远镜可以清晰地看到,整个地球,除了珠穆朗玛峰以外,都已经成了一片汪洋……那一望无际的蓝色,不是一道极美的风景,而是一张死神的判决书。Lucas每天在实验室里绞尽脑汁,想要找到种出粮食的办法,他甚至在想有没有可能通过人工合成? 有没有可能从人体中提取植物DNA?

　　日子一天一天过去,眼看从地球带来的食物快要见底了,Lucas不知该怎么面对外面愤怒的人群,也不知道该怎么面对那些满怀期待的朋友,只好废寝忘食地工作。这天,在结束了一天的工作之后,Lucas又坐在了望远镜前,看到那缥缈的蓝色,心里涌起了怀念、悲伤,但也有一丝丝宁静。"也许一切都将结束了吧。"Lucas心想,"人类在宇宙的力量面前是多么渺小啊,一个小小的失误,就能断送人类的前途。"他慢慢地转动着望远镜:"这里是曾经的杭州,我还记得三十年前的葱包桧的味道;这里是曾经的西安,我在它四方的城墙上骑过自行车;这里是曾经的喜马拉雅山,我曾梦想有一天要登上它的峰顶……"

"等等!

"这是什么?

"为什么珠穆朗玛峰的山顶是绿色的?"

他把望远镜无穷放大后,惊讶得蹦了起来——一棵巨大的树! 它像大英雄似的矗立于茫茫水域中……那是地球母亲给全人类留下的希望的火种,这才是宇宙最美的风景。

一支名为"普罗米修斯号"的舰队出发了。他们乘坐着飞船返回了地球,在珠穆朗玛峰顶上找到了这棵大树。科学家们发现这真是一棵奇怪极了的树,树的枝丫上挂了各种各样的寄生植物,有的开着花,有的挂了果,甚至还看到了类似稻穗和麦穗的植株。科学家说,地球植物为了繁衍后代,各显神通,把生命信息转移到这棵唯一幸存的大树上,留下了

它们的子孙后代。这个发现可把科学家们开心坏了,他们将
大树连根拔起,搬进了返回舱里,而且还用宇航被把它保护
得严严实实。不用说,这一次他们成功了。他们在实验室里
通过组织培养,培育出幼苗,然后将它们移植到 Alpha 星球
的大地上,长出的谷粒居然像乒乓球那么大,苹果像西瓜那
么大,培育出来的猪像大象那样大……

二

五百年过去了,Alpha 星球成了太阳系里最有生气的星
球。可是不管生活有多幸福,Alpha 星球上的人类始终抹不
去的是对地球风景的怀念。Lucas 的后代甚至把自己的儿子
取名为 Lucas·风景,Alpha 星球上的人干脆直呼他为"风景"。
风景长大后成了 Alpha 星球科学院的院士。他一有空,就会
打开望远镜寻找地球。有一次,他获得了一张地球的地图,
再也控制不住自己那颗怦怦跳动的心,当他看到了地图上的
中国杭州,激动得像醉了酒似的,提溜着一张地图满街疯跑:
"回去! 回去! 我要回地球!"惹得大街小巷里的人把他紧紧
围住:"风景院士疯了! 风景院士疯了!"

其实,重回地球是所有 Alpha 星球人的梦想。

球长终于召集科学家们开会。有人说造九个人造太阳,
挂到靠近地球的地方;有人说地球的热量来自太阳,在太阳

与地球之间装一个防护罩,降低来自太阳的热量,地球上的水就能结成冰了;还有的说可以培育出海绵植物,然后撒在地球各处,变成巨大的储水植物,再通过叶片的蒸发,让水分都跑到外太空去……球长呵呵地笑着说:"你们的办法都可以试试,去吧!"

终于有一天,奇迹出现了,从天文望远镜里人们看见了天目山的山顶,渐渐又看见了保俶塔,西湖边的苏堤、白堤也重新展露出来,地球迎来了新的希望。Lucas·风景把 Alpha 星球上的人类和研究成果都带回到了地球。他虔诚地下跪,双手合十,对着苍天喃喃自语:"亲爱的爸爸,我没有辜负您的期望,我回来了,风景回来了……"

（2023年第十七届浙江省少年文学之星征文比赛小学 A 组一等奖）

龟兔赛跑成语新编

"咚——咚——咚——"森林里的大钟敲响了,一年一度的运动会开始了。这次,人们最关注的,也是人气、热度最高的,肯定是乌龟与兔子的第二次赛跑。

到了比赛当天,场地上人山人海,被围得水泄不通。森林运动会的宗旨是"创新,创新,再创新!"站在赛台上的山羊爷爷宣布:"⋯⋯全新的赛道添加了斜坡、河水和陷阱⋯⋯"选手兔子一听到有河水,立马胆怯了起来,他可不会游泳,可他的对手小乌龟,虽然不是游泳健将,至少不会沉下去吧。随即兔子又侥幸地想到,万一河道很窄,自己是不是可以奋力跳过去? 这时只听到山羊爷爷公布比赛规则的时候说:"全新的赛跑可以使用新科技⋯⋯"一听到这里,兔子立马来了精神,要是在我的腿上安装一个芯片,我岂不是就能轻而易举地赢得比赛了?

比赛开始了。

乌龟和兔子在统一的起跑线上蓄势待发,只听得裁判员猴子吹响了哨子,乌龟和兔子好像两匹脱缰的野马要冲向终点似的,奋力跑着。兔子不敢轻敌,利用脚上的弹簧和芯片一蹦,蹦得又高又远。没过几分钟,兔子便来到一块告示台前,上面写着赛道已过半。兔子觉得很累了,刚想松一口气,发现被自己甩在后面的乌龟忽然快了起来,仿佛脚底安上了风火轮似的,但跟自己比还是很慢。兔子想反正乌龟离我还有这么远,歇一下擦把汗吧。刚一松懈,两眼一黑,"咕咚"一声,兔子两只耳朵立了起来,两只眼睛瞪得直勾勾,原来他跌进陷阱里了! 等兔子好不容易爬上来时,乌龟已经在自己身后了,这时候才发现乌龟脚下是一块伸缩自如的智能滑板!

他们几乎是同时来到赛道的斜坡,只见乌龟把头缩进龟壳里,四足蜷缩起来,用力一蹦,翻了个身,利用了地形的斜坡咕噜咕噜滚了下去。兔子可拿不准,因为他把握不住重心,如果自己像乌龟一样滚,一定会头破血流,但这是比赛,没法子了,他眼睛一闭,奋力一跃,没想到芯片发挥作用了,他不仅没有鼻青脸肿,而是有神力相助似的,瞬间就到了坡底。兔子又奋力一跃,与乌龟同时到达了终点。

这下猴子裁判呵呵笑着说:"选手利用新科技,各自取长补短,虽然这场比赛没有分出胜负,但是我相信你们一定可以创造更好的未来!"(2023-02-10)

捡贝壳

在海边，我们常看到的是海鸥，是鱼儿，是鸟儿，是大海……可埋没在沙子里的贝壳，只要你仔细看，同样也很美。

一阵海浪猛烈地向沙滩奔来，又随着白色的浪花慢慢退去，沙滩上多了许多被冲上来的贝壳，如同一片浩瀚的星空。一个个贝壳，犹如一颗颗忽明忽暗的星星在天空中眨眼睛。其中有些贝壳的纹路如丝绸般丝滑，有些贝壳则如石头般坚硬，可也显出另一种美。有些贝壳有手掌般大小，是贝壳巨无霸；有些贝壳则只有指甲盖大小，有一种小巧精致的美。大多数贝壳是扇形的；有些贝壳是椭圆形的，不过很少能见到。有些贝壳的颜色是亮亮的粉色，像一朵盛开的桃花；有些贝壳则是蓝绿色的，很符合大海的颜色。有些贝壳在离海面很近的沙滩，有些贝壳则在离海面很远的海底，还有些贝壳就在我们的手里。

我突然看见了一个很好看的贝壳，正想跑过去，只听到一阵哗哗海浪声，贝壳就不见了踪影。(2023-02-12)

环游世界的冲浪板

　　大家想必都很希望环游世界吧,这次你将会站在只有一两平方米的冲浪板上度过你的环球旅行。你可别小看它,它并不是普通的冲浪板,而是一块神奇的冲浪板。别看这个冲浪板这么厚,你只用一根手指头就能轻而易举地将它提起来,那是因为这是一块用纳米材料做成的冲浪板。就算十条鲨鱼拼尽全力咬它,对冲浪板来说都像挠痒痒一样。这个板子不仅能感知人心,还能变大变小,还有许多新奇的特性。接下来就让我来一一告诉你吧!

　　在冲浪板的后面和下面共有六台喷射器,但是该如何启动呢?这块冲浪板配有最先进的声控开关,你只要说一声"前进",它便能感应到你想去的地方。这时你一定要握紧方向盘,因为它将会以闪电般的速度奔向你想要去的地方。你肯定不知道,这块冲浪板也是有小脾气的。如果它想捉弄你,太简单了,随便一个侧翻或者飞上天再落下来,就能把你搞得上气不接下气。

　　可如何让它不发小脾气呢?这个一键清洗按钮将会成为你的救星。按下时,无数个纳米机器人将会如蚂蚁一样从冲浪板的四周围过来,它们中有的拿着纳米扫把扫地,有的拿出新奇的毛巾拂拭,擦过的地方通通焕然一新,水污、沙子……全没了。这个按钮不只能清洗表面的垃圾,还能使心灵得到净化,让不开心全部都消失得无影无踪。

冲浪板还能感受你心情,它是怎么做到的呢?全靠这个神奇的握把,我称它为心情握把。冲浪板每天都会定时提醒你去测一测心情,如果你不开心,它会给你放好听的歌曲,如果你很无聊,它便会打造出一个虚影跟你玩儿,让你开心起来。总之,当你需要帮助时,它都会出现。

你当然不可能一直站在这么小的板上,这多不自在呀,所以我们贴心地增加了拓地按钮。当你按下拓地按钮时,冲浪板会如一条巨龙般扩大三四倍,当然大小会随着时间而变化。也许当你生活了两三年后,这块冲浪板就跟一艘邮轮差不多大了,还会有各种各样的家具,可以容纳两三千人。当然,你也可以再次按下按钮,它便会变成以你为中心的冲浪板。

当下雨时,冲浪板会出现一个按钮,按下按钮,由纳米颗粒组成的透明防护膜便会升起。你可以摸到雨的清凉,听到雨的声音,看到雨的样子,可手却没有湿。

听了我这么多的介绍,你是不是迫不及待地想乘着这块冲浪板环游世界了呢?可现在它还只是存在于想象中,离被发明出来还远着哩。(2023-02-18)

马尔代夫的夜晚

　　记得在我刚上小学的时候,爸爸妈妈带我去了马尔代夫。我们这边是冬天,大家都穿着羽绒服,可赤道旁边的马尔代夫一年四季都是夏天。从飞机上望下去,我们要去的岛屿就像是太平洋中间一块晶莹剔透的翡翠,一栋栋房子都是建在海面上的阁楼,如果要从岸边去房间,就要经过长长的曲里拐弯的栈道。每户人家的后面都有一个敞开的平台,边上有一个楼梯,下去就是蓝汪汪的海水。房间里都配有救生衣和氧气面罩。我们一到房间就迫不及待地换上游泳衣,穿好救生服,戴上氧气面罩,直接下海去观赏鱼儿和珊瑚礁了。那次应该是我第一次下海,可我一点也不怕,因为有爸爸在旁边。爸爸一只手拉着我,一只手用蛙泳的姿势带着我前进。

　　水底里的珊瑚礁美丽极了,有的是紫色的,有的是蓝色的,还有的是绿色的。我担心极了,生怕一脚踩下去,踩坏了珊瑚礁,我可不想破坏这美丽的景色哦!我还和老爸发现了一个很有趣的现象,小鱼钻进珊瑚礁里时,居然是倒立着钻进去,而不是游进去的。有些鱼为了不被它的天敌发现,还用接近环境的颜色去伪装自己。妈妈用水下摄像机拍了一个很有趣的画面，一条小鱼趴在珊瑚礁上，你不仔细看真以为它还就是珊瑚的一部分呢！成群的热带鱼穿上了它们异常鲜艳的衣服，一点儿也不怕人，除非我伸手要去摸它，它才会刺溜一下躲开，钻进珊瑚礁中。

马尔代夫的晚上，最美丽的是星空。海滩上安静得只有海浪的呼吸声，四下漆黑一片，有很多人坐着观星，大家既不说话，更不打开手机。没有嘈杂的人声，没有一丝灯光，真美，漆黑的夜晚，天上的星星正在开party。

在我们常用的词语里，形容"星空"通常用的词是"仰望"，而在我们坐的海滩上，似乎不用抬头，更不用伸长脖子，密密麻麻的星星就在你眼前，仿佛只要你手一伸，就能摘下。看着看着，忽然觉得星星几乎是贴着你的鼻子了，一伸手，方知星星离你远着呢。

马尔代夫的夜晚，根本找不到什么北斗七星，什么银河，什么大熊座、小熊座、处女座、天蝎座。但如果你的想象力够强大，又可以拼绘出无数个北斗七星、大熊座、小熊座、处女座、天蝎座。静静地坐在那里，星星一颗比一颗亮，一颗比一颗大，一颗比一颗近，我贪婪地想，要是能摘一颗多好啊，带回国做个纪念！（2023-02-26）

陪伴的话题

　　蓝天有了白云的陪伴,才变得多姿多彩,熠熠生辉;海洋有了鱼儿的陪伴,才变得活灵活现,五颜六色;夜空有了星星和月亮的陪伴,才显得变化多端。而我,因为有了爸爸妈妈的陪伴,生活变得多姿多彩,有趣了起来。

　　在一个星期六,阳光明媚,我的懒虫老爸竟然意外地早早起来,说是要和我一起去小区打羽毛球。我一听很开心,却没想到从按电梯按钮起,他就用英语和我对话。我听不懂了,他就重复一遍,如果再不懂,才会用中文翻译。来到楼下,我想终于可以搁置一下英语了,我俩各自饶有气势地掂了掂球拍,老爸左手拿着球往上一抛,拍子随即一挥,一声清响,一个完美的发球!

　　"嗖",球飞了过来,我立马并步后退,随即架起拍子,我高高跳起,将拍子往下一压,只听"啪"的一声,球瞬间被打了回去。这时,老爸出乎意料的一个挑球,竟把球打到了后场,我连忙退回去,可为时已晚,球落到了地上。第一局,老爸胜了。

　　中场休息时,老爸又喋喋不休地给我讲背英语单词的技巧。别人是争分夺秒地看书写作业,而老爸则是争分夺秒地给我辅导英语。英语可是我爸的强项,想当初,面对一群老外提问,他可以对答如流。说到底,他不想让我的英语落后。

当我们打球的时候,老爸可能还在想怎么跟我讲清英语单词的意思,于是我的一个跳球,老爸没接着,1:1平了。在休息的时候,老爸还是不断跟我说英语的事,他的理由是"多说多说就会说了"。

我们在家看电视时,老爸常常把电视调到英文纪录片频道,自己当讲解员,给我们讲解语法,说这两个词是固定搭配什么的,有时还会冒出两句英语,让我们目瞪口呆。老爸有时会拿起旁边的遥控器,对着电视"啪嗒"按下了暂停键,随手拿起一张纸条在上面圈划重点,讲解单词的含义。爸爸为了我的英语,把能利用的时间都利用起来了,他总希望我学得更轻松一点。

陪伴是亲人给予我们最好的礼物,在陪伴中长大的我们是快乐的,在陪伴中前进的我们是幸福的。只有有了家人的陪伴,我们的学习、生活、成长才会更加一帆风顺。

现在,爸爸妈妈陪伴我们成长,未来呢?奶奶曾经问过这个问题,我想,等我长大了,我一定好好陪伴爸爸妈妈。

(2023-03-01)

《巨人的花园》续写

　　自从巨人把花园的围墙拆除以后,春天又踏入了巨人的花园,小朋友们在花园里面和小鸟合奏,和柳树玩荡秋千,和春风迎面。小朋友们有的在花园里面放风筝,有的玩躲猫猫,还有的正在花园中写生。

　　春天来了,鸟语花香,巨人带着孩子们来到自己的后花园里种树。孩子们坐在巨人的头上,有的顺着巨人的手臂滑滑梯,刺溜滑了下来。他们落在巨大的迎春花瓣上谈天说地,头上戴着用鲜花所编织的花环,听着巨人讲各种奇怪的故事,不亦乐乎。

　　到了夏天,绿树成荫,小动物们都躲到了那巨大的花瓣下乘凉,小朋友们则躲到巨大的榕树叶下乘凉。他们听着蝉声,也不禁唱起了歌,合奏出一首夏夜奏鸣曲。有时天气实在太热了,孩子们便都跑到大花园里戏水。他们有的拿着用竹子自制的水枪,互相打来打去;有的拿着大树叶子,盛满了水,往上一扑,水面立即荡起了层层涟漪,水花四溅。有时巨人也会童心大发,不怀好意地笑着,忽然"扑通"一声,跳进了水里。孩子们大吃一惊,不过,随即又抬起头,昂头大笑。这时候,巨人手一拍,大声叫道:"你们来吧,我跟你们打水仗,你们那样多没意思。"说着,他双手一拍,一大片水花立刻溅了起来,巨人手中的水就像水龙头一样不停地往外喷,孩子们则往外往两边闪。突然。一个小朋友偷偷绕到了巨人背后,拿着装满了水的水盆往巨人背后突然一泼,巨人被打了一个措手不及,连忙转过去。其他小朋友则抓住机会,不停用水枪和水盆朝巨人发起进攻。这时,不知是谁高声喊了一句:"对准巨人的眼睛,他怕眼里进水!"顿时,所有的火力都朝巨人的眼睛扑过去,巨人被水弄得睁不开眼,眼前一片漆黑,最后只能无奈地举起了双手,不停地喊道:"投降了,投降了。"

而每当秋天时,巨人会给孩子们分一个个精致的竹篮,让大家去花园里采摘红彤彤的苹果、香喷喷的梨。大家忙着采水果,可是有一个人发现,巨人消失不见。巨人去干吗了?一会儿,巨人回来了,怀里捧着一大盆糖葫芦。孩子们一人一根,开心极了。

有了孩子们,巨人的花园一年四季都充满了生机,他的花园也成了孩子们最喜欢的乐园。(2023-03-07)

"学霸"李乐

　　在我们班,有一个公认的学霸,她就是李乐。她的个子矮矮的,哈利·波特式的眼镜架在鼻梁上,还有一张说起话来异常风趣的樱桃小嘴,看上去很可爱。

　　李乐的学习成绩非常好,每次考试,不管是语文、数学还是英语、科学,都能名列前茅,甚至体育成绩她也能冲到前面,学习成绩要是拿不到班级前三,她可就会非常伤心。

　　李乐每次考试都能得高分,这是怎么做到的呢? 爱迪生说,天才是1%的天赋,加上99%的汗水。李乐不管什么时候都会带上作业本,在我们上羽毛球课等待的间隙,她也会拿起课外书看起来,或者拿起笔和作业本在地上写起作业。所以李乐在学校里就把大部分作业都做完了,到家她便会大量阅读和做自主作业。这次李乐请假回来,还不能做体育锻炼。我们做体育锻炼时,她就拿起书本,端端正正地坐在边上,津津有味地看起了书。下课了,同学们都跑出去玩耍了,也只有李乐一个人坐在位子上,捧着书品读着。正因为李乐有这么多的辛勤付出,才会有这么多的收获。

　　在考试的时候,我们经常会粗心大意。在一次科学考试上,她拿了满分,我拿了98分,这2分到底丢在哪里呢? 卷子一发下来,我一看,原来是一道小题我漏做了,就被扣了2分,你说多可惜呀,要不然我也和"学霸"齐头并进了。我的数学考试成绩总是比李乐少几分,拿到卷子一看,原来都是计算出了问题,看起来很简单的加减法,我往往不用草稿纸,直接用心算,结果不是多了一个零,就是少了一个零,或者把小数点漏写了。现在我要吸取教训,计算要用草稿纸,做题要仔细。

我们大家纷纷向李乐学习,陈老师也制订了一个规则,如果作业能在学校里做完,就能加分。现在我们班下课时,做作业的、看书的不是只有李乐一人了。

李乐能成为"学霸",是靠1%的天赋和99%的努力,加上认真仔细的学习态度。如果我们都能像李乐一样努力和仔细认真,我们的学习成绩一定能上一个新的台阶。(2023-03-13)

平凡的英雄在身边

在我们身边，有许多平凡的英雄。有奋斗在救死扶伤一线的白衣天使，有守卫边疆的解放军战士，还有课文中说到的坚持不懈的挑山工。但是让我印象最深刻的是我们小区里的清洁工人。

在我们小区有两类清洁工，一部分是专管替换垃圾桶的，我们地下室的生活垃圾桶和其他垃圾桶早中晚各换一次，这个工作很辛苦，是重体力活。有一次我看见放在路边的一个垃圾桶，空的，试着推了推，发现这种空垃圾桶也很重的，更别提装满了垃圾的垃圾桶，那得多重啊。特别是装满了厨余垃圾的桶，推着走的时候，与地面摩擦发出的那种沉闷的声音，好像有一种把人往地底下扯的感觉。有一次我下楼去扔垃圾，发现厨余垃圾桶已经堆得满满的，我扔完垃圾就和朋友去玩了。天黑了回家时，我经过地下室忽然听见"咚"的一声，有人扔垃圾，垃圾袋触及桶底时发出了很响的回声，原来垃圾已经被清空了。

还有一类是负责小区清扫的。春天，风一吹，纷纷扬扬的落叶婆娑着落了下来。地上挤满了落叶，踩上去沙沙作响，还蛮舒服的。可是这个时候，清洁工们就特别繁忙，他们穿着橙黄相间的制服,手里拿着一把长长的竹丝扫帚,费力地把落叶一下一下地扫到旁边,然后用簸箕把它们装进垃圾袋。可是一阵风吹过,沙沙沙沙,大树又飘飘扬扬地撒下落叶,清洁工们就这样一遍又一遍地清理着路面。今年玉兰花开的时候,满树芬芳,粉紫色的好看极了,可是当花谢了落下来的时候,对老人们来说是非常不友好的,一不小心踩到会打滑跌倒。这时,清洁工们会一次又一次地过来打扫。我还看到过他们开一辆三轮车,后面的水箱上装着高压水枪,把地面冲刷得干干净净。

负责过道和电梯卫生的是女清洁工,她们每天都会辛苦地打扫每个楼层,还会及时处理各种突发事件。有一次我看到过道里有一个人呕吐了,吐得满地都是,臭味冲鼻。这时电梯门开了,出来一个清洁工,她麻利地把脏物扫进了垃圾袋里,随即用拖把把地拖干净,只一会儿工夫,刚刚还肮脏不堪的地面,顿时焕然一新了。

正是因为有这些平凡的英雄们的默默付出,才让我们小区地面干干净净,没有苍蝇,小鸟们飞来飞去,清晨还唱出婉转动人的晨曲。(2032-03-21)

乡下的秋天

秋天是收获的季节。

水稻们都换上了为它们量身定制的秋装,稻谷穿上了金子似的棉袄。饱满的谷粒,沉甸甸的,压弯了稻穗的腰,仿佛在召唤着农民伯伯来收割自己。它们已迫不及待地想登上人类的餐桌,为人类幸福生活做出贡献。成熟的高粱都涨红了脸,仿佛朝霞染红了天边。棉花们开出了雪花似的棉铃,昂首挺胸整装待发,准备去工厂变成棉袄的内芯,被挂在商铺的墙上,等待小朋友、大朋友来挑选。

在农民伯伯的住宅前,有一个大大的荷花池,荷花盛开,芳香幽远,像一把把绿色的小伞。小鱼小虾们像是在玩捉迷藏似的,全都跑到了荷叶下面,这儿好凉快啊!荷叶,成了小鱼们的保护伞。小鱼们高兴极了,蹦蹦跳跳,一不小心,一条小鱼跳到了荷叶上,它向下面的其他小鱼发出了求救信号,其他小鱼们说:"我们帮不了你,加油加油,全靠你自己了。"害怕阳光暴晒的小生灵拼尽全力弹跳,功夫不负有心人,小鱼终于落水获救了。

乡下人家的屋后总会有个小院子,院子里面能干吗呢?当然就是种上几株牵牛花,搭个棚,过几个月花儿就能爬满架,上面开满了鲜花,有红的,有蓝的,还有紫的,像一张用鲜花编织的渔网,漂亮极了。

正午,太阳很温暖,一阵秋风扫过,阳光下黄澄澄的叶子从银杏树的枝头婆娑着落到了地面上,一片一片的,像蝴蝶翻飞,渐渐铺成了一张金黄色的地毯,踩上去还会发出悦耳的"嚓嚓"声。

傍晚,天上的云彩有的像绵羊,有的像一个个串起来的糖葫芦,还有的像盘旋在天空中的蛟龙。有时,天空中还会有一群大雁飞过,排着"人"字形队伍向南飞去……

一阵秋风吹来,稻谷的幽香,牵牛花的清香,混合在了一起,里里外外都透露着浓浓的乡村的味道。一层紫,一层红,一层蓝,再加上大地上的金黄与碧绿,构成了独特的乡下的秋天。(2023-03-29)

去湖边打水漂

　　我们约定去西湖打水漂。周末一大早起来,我迫不及待地吃完早饭,等着爸爸带我去西湖打水漂。

　　我们来到断桥边,只见湖面上升起一阵阵雾气,远处的山和房子像蒙了一层缥缈的白纱,仿佛远在天边,却又近在眼前。西湖的水悠悠荡漾,头顶的柳枝依然穿着青翠的霓裳,舒展着妩媚的身姿。

　　我决定和老爸比赛,看谁打水漂的次数最多,我早就知道,自己肯定打不过爸爸,可是我还是想与老爸比一比。

　　一开始我找了一个厚厚的,长方形的石头,以为这样的石头才最适合打水漂。我将它一扔出去,只听"咚"的一声,石头就像一个手榴弹一样沉入了水中。这时,老爸笑着走了过来,告诉我,打水漂的时候,要让石头尽量与水面保持平行,再将石头旋转着甩出去,这样才能打出更多的水漂。

　　我兴奋地又找了一块胖胖的石头,按照老爸说的方法打出去,"一下——"当我以为还有第二下时,就听见"咚"的一声,石头又沉入了水中。但我还是很高兴,我终于打了一个水漂。

　　老爸说,你做得很好了,继续努力。石头要选扁扁的、椭圆形的,这样就能让水漂的次数再增多。我精心挑选了一块扁平的椭圆形石头打了出去。"一下,两下……"老爸和我一起数着,我们以为还有第三下的时候,"咚——"石头又沉入了水中。

老爸找了一块大大的黑黑的表面光滑的石头,用力一打,只听到"嗖——嗖——嗖——"的声音,石头在水面上碰撞出了一片片水花,"一,二,三,四……"老爸的石头竟然打了十多个水漂才落水。

老爸鼓励我说,没事的,老爸刚开始的时候也只能打两三个,只有不断地练习,才会有进步,继续加油!

我也没灰心,不停地打,手臂都酸了,但我沉浸在玩乐之中。最后我的纪录是四个水漂。(2023-04-08)

小小四季歌

春

是鸟儿的啼鸣，

黄鹂唱着清亮的歌，

喜鹊送来了春的信息，

燕子衔着南方的温暖回来了。

是小溪的低语，

叮叮咚咚，

哗啦哗啦，

一刻不停地流向大海。

是万物的福音，

小草冒出了绿芽，

青蛙开心地跳入了池塘，

与小鱼玩耍嬉戏。

夏

火红的太阳炙烤着大地，
小鱼也热得
躲进了荷叶间，
与荷花仙子共舞。

天上的云朵多姿多彩，
一会儿是鱼鳞斑，
一会儿野猪头云升起来了，
一会儿黑云压顶倾盆大雨。

雷阵雨是最让人厌烦的，
一阵阵的闪电，
轰隆隆的雷鸣，
蝉的鸣叫也被吓住了。

秋

是一幅美丽的画卷，
天高云淡，大雁南飞，
秋韵西湖，水清而透彻，

断桥流水,绿叶荷花别样红。

是丰收的季节,
高粱压弯了腰,涨红了脸,
稻谷换上了金色的衣裳,
呼唤着人们来收获。

是落叶纷飞的季节,
落叶婆娑着落下,
一片,两片,三片……
回到了大地母亲的怀抱。

冬

是一年中最冷的季节,
一九二九下水不流,
三九四九冰碎石臼,
屋檐下的冰柱
也一条一条垂挂下来。

是大雪纷飞的季节,
洁白的雪花如鹅毛,

落在屋顶上,落在草地上,
大地白茫茫的,银装素裹。

是北风呼啸的日子,
一阵狂风猛烈刮来,
小草低下了头,
大树也脱光了身上的衣服。(2023-04-13)

早春的足迹

　　从东南门出发,沿着一条曲折的小路,就来到了香气扑鼻的郁金香园,那里的郁金香有的黄,有的红,有的粉,有的紫。一阵风吹过,这些郁金香整齐地摇摆着,向左摇,再向右摇,风好像是一位舞蹈教练在指挥着它们翩翩起舞。走近一看,一朵朵婀娜多姿的郁金香整齐地排列着,亭亭玉立。它们有的落落大方地舒展着自己的花瓣,好似在向人们展示自己的美丽;有的花朵挨着花朵,好像在说着悄悄话;有的还只是花骨朵,花瓣们还紧紧地拥抱在一起。

　　离开了迷人的郁金香园,就看到了蔚蓝色的天鹅湖。今天天气转晴,湖面风平浪静,可是当天鹅游过,湖面上便泛起了一圈圈的波纹,扬起了一阵阵的涟漪。小桥边的垂柳也随之摇曳了起来。我们站在桥上观赏天鹅,湖里的天鹅成群结队地游着泳。它们成双成对,有一对依靠在一起,两根长长的脖子变化出了爱心的形状;另一对天鹅的两根脖子缠绕在一起,就像一根扭起来的麻花。这时,有一只天鹅竟然从水中跃起,两只脚在水里快速划动着,两只翅膀伸了开来,快速地上下扇动着,只见身子离开水面露出的部分越来越多。慢慢地,天鹅的整个身子都露出了水面,它起飞了。天鹅飞到了我的面前,我拿出一块面包投了过去,然后躲得远远的。这时这只天鹅两只眼睛四处张望着,确认周围没有危险时,才游了过去,一口把这一块大面包给吃掉了。

走过小桥,沿着小路,就来到了香气迷人的芍药园。园中的芍药红艳艳一片,怒放的花朵非常精神,被阳光映得透亮的花瓣,包围着丝丝缕缕的花蕊,还有小蜜蜂勤劳地采着蜜。清晨的雾气还未完全散去,一滴滴的小露珠落在了花瓣上,从花瓣的顶尖上滑下,在绿叶上跳跃,最后落到了土壤中。

欣赏完芍药园,我们走进了松林,放眼望去,满地都是松果,像一座座小宝塔。穿过松林就来到了北门,往东走一些路就来到了纪念馆。纪念馆的墙壁上画着许多壁画,有人物,有花草,也有风景,千姿百态,各不相同。参观完纪念馆,穿过绿色的草坪,便来到了望湖亭。这里是观看天鹅湖的最佳位置,整个天鹅湖景观尽收眼底,往外面望去,远处的山峦连绵起伏,清晨的云雾环绕在山腰上,有一种非常神秘的感觉。从望湖亭出来,继续往南走,便来到了我们的出发地——东南门。(2023-05-06)

春 游

学校年年都组织春游，今年春游我们去了博物馆。

博物馆位于运河旁的小河公园里的大桥旁边，一块大大的门楣上写着八个金色大字——中国刀剪剑博物馆。

我们进了馆，迎面而来却是一把把五颜六色的扇子，有折扇，有团扇，还有羽毛做的扇子，就像《三国演义》里诸葛亮扇的扇子。接着看到的是雨伞，伞的结构原来分为三个部分：伞骨、伞柄和伞杆。有的是木头做的，有的是塑料做的，还有些是竹子做的，那根长长的伞杆子是整把伞的核心。很有趣的是中国伞与西方国家的伞是不一样的，西方的伞分男女——绅士伞和淑女伞。绅士伞是黑黑的，黑黑的头，长长的黑杆，加上木塞似的小圆柄；而淑女伞则是绣着花边，镶绣着各种各样的花朵，伞面是布的，不知道这样的花伞挡不挡得住大雨。

中国伞也有两种：粗犷笨拙的油纸伞是属于男子汉的，我们还摸了摸，那上面油油的，就像是抹了润滑剂一样；细巧美丽的西湖绸伞应该是姑娘们用来挡太阳的，听说很多来杭州看西湖风景的游客，都会买一把带回去，作为纪念品。我们还认识了许多现代的伞，那是在原来的油纸伞上增加了伸缩装置,才有了现在各种各样伸缩自如的功能性雨伞,大人出差小孩上学都会带一把。

　　只要一下雨,我们都会从包里取出轻巧而方便的折叠伞,其中最具代表性的就是闻名天下的杭州天堂伞,相比于笨重的油纸伞,折叠伞方便多了。

　　接着我们到了旁边的杭州工艺美术博物馆,那里有许多神奇的民间艺术,如竹雕、纸雕、木雕、印拓、水墨山水画和剪纸等,有些还被列入了非物质文化遗产呢!其中我最感兴趣的就是竹雕了,这些手艺人竟然能用刀具把粗粗的竹子削成一片一片奇形怪状的窗户。据讲解员说,博物馆内的每一扇窗户,甚至每一个细节,都是匠人们精心设计的,不会出现相同的图案,甚至连类似的也不会出现。竹子在这些手艺人的手中,竟然能变化成五花八门的竹雕,大的有一个柜子那么大,小的只有一根手指那么小。所有的竹雕都是去皮后用小刀雕刻出来后,再一片一片精心拼接起来的。有的部位,我们虽然知道是拼接的,可却偏偏看不出接痕。根据视频上所说的,它们是用榫卯结构来实现无缝衔接的,这种技术真是神奇。

　　我们逛完了两个博物馆,只看到了伞和扇子,没有看到青铜器之类的刀剑,刀剪剑去哪儿了? 问了老师,老师也很纳闷,最后去问工作人员,原来刀剪剑博物馆今天不开放呢。

(2023-05-13)

我想去北京

北京是中国的首都,热闹繁华,地图上的一小块地方,却承载了长城和故宫两个闻名世界的古迹,它还是京杭大运河的开端。我觉得去北京都不用看攻略了,首先要去八达岭长城,那是伟大的万里长城的重要组成部分。

早晨云雾朦胧,一切都好似披上了一层让人看不透的面纱,绵绵的细雨丝丝缕缕地落下。时间流逝,一转眼来到中午。太阳出来了,长城仿佛披上了金色的斗篷,大门是金黄色的,城墙是金闪闪的,连上面的游客也都变成金色的了。滴答滴答,时间一分一秒地过去了。到了傍晚,落日的余晖洒下了金黄色的光芒。长城上的一块块砖,摸上去粗糙不已,纹路横竖交叉依旧清晰,好似一条条盘在一起的土蛇。

去了北京还能去哪儿?去故宫吧!来到故宫大门前,复古的红棕色大门显得格外壮观,门上还嵌着九排九列共八十一颗门钉。这些门钉不仅能加固大门,还有着深远的意义,门钉的数量在古代代表着等级。"一言九鼎"中这个"九"表示这句话极有分量,有九鼎之重。而"九五之尊"中也用"九"表示天子神圣不可冒犯。故宫是中国明清两代的皇家宫殿,旧称紫禁城,位于北京中轴线的中心。故宫里面就像一个迷宫,如果没有地图,可不要在里面乱走,要是你走不出来,我可不管。在故宫请一定保护好你的地图,要是你迷了路,别逞强,问工作人员去吧。

听了我的介绍,你是不是心里痒痒的,想跟我一起去北京玩了呢?(2023-05-22)

螃蟹歌

几只小螃蟹踩着浪，
来到金色的沙滩上，

螃蟹在沙滩上爬着，
留下了一串串快乐的脚印。

螃蟹在沙滩上睡觉，
嘴巴里吐出了一个一个泡泡。

螃蟹在沙滩上打洞，
洞外面堆起了一个一个小沙包。(2023-05-30)

海滩小景

阳光穿过椰树林，
照射在海边的沙滩上。

海浪踩着秋风的脚步，
来到沙滩上漫步。

几只小螃蟹，
一会儿从这边钻进，
一会儿从那边钻出，
好像在与小朋友们捉迷藏。(2023-06-08)

学农，自己烧饭给自己吃

周五早上大家早早地来到学校，一个个期盼的眼神注定了这不一样的一天——学农日……

《白马春风恰少年》读后感

　　今天我推荐的这本书名叫作《白马春风恰少年》,其中的一篇令我印象特别深刻,讲了李白与杜甫的故事。

　　李白的性格豪放,如果称杜甫的诗是现实派,那么李白的诗就是豪放派,他的诗充满了激情和想象力,像"飞流直下三千尺"那么夸张,像"君不见黄河之水天上来"那样豪迈。

　　而杜甫的诗比较接地气,他在安史之乱的逃难途中目睹了老百姓生存的艰辛,写了"三吏三别",他用诗歌关注人民疾苦,深刻地反映了动荡社会的残酷。可是他也有诗情画意的诗歌,比如:"好雨知时节,当春乃发生。随风潜入夜,润物细无声。""两个黄鹂鸣翠柳,一行白鹭上青天。窗含西岭千秋雪,门泊东吴万里船。"

　　李白比杜甫年长十一岁,李白成年的时候,杜甫还是个小孩子,而杜甫更像是李白的"铁粉"。他们两个人未相遇之前,应该都知道彼此的诗名,当然,当时李白的名头应该比杜甫大许多。据说他们首次相遇于唐玄宗天宝三年,李白刚从皇宫"赐金放还","二人惺惺相惜,一见如故","流连于洛阳的山山水水,共同度过了人生中最快乐的一段时光"。他们一起浏览中华的大江南北,春看洛阳的牡丹,秋赏开封菊花,之后还在山东兖州相见。"醉眠秋共被,携手日同行",可见友情之深,杜甫一生为李白写过很多诗,有点像仰望星空。

李白和杜甫都是唐宋的文坛顶流,他们的性格以及诗歌的风格都大不相同,但都对后世产生了深远的影响。相形之下,我还是更喜欢李白,喜欢李白豪迈的性格。(2023-09-18)

西湖观景

　　艳阳高照的星期天,我们来到西湖边,湖面上波光粼粼,水纹织出了一条太阳的通道,仿佛太阳就是踏着这条金色的地毯来到我们身边的。湖边依旧人山人海,我们被人流挤着来到了白堤上,好不容易挤出了人群,沿着湖畔的小路行走,无意间瞥见了远处的风筝,我想起了老爸小时候写风筝的一首诗:"蓝天是花园,小朋友是园丁,在蓝天上种下朵朵鲜花,风一吹它们盛开了。"今天的西湖也是一个大花园,朵朵鲜花在天空中开放,有鲤鱼风筝,有蝴蝶风筝,还有老鹰风筝,有些风筝飞得可高了,看起来只有核桃那么大的一颗黑点,与西湖的美景融为一体。

　　湖里的荷花开始开放,有的白如雪,有的红如霞,有的粉如桃,有的还未完全绽放,一个个的花骨朵像绿箭似的矗立在湖中。在阳光的照射下,那些花苞盈盈含笑,一瓣一瓣地张开来了,渐渐地露出了最深处的花蕊,鲜黄色的特别好看,无比娇嫩。近岸的荷花们争奇斗艳,有点像无数活泼可爱的小姑娘在绿色的地毯上轻歌曼舞,引来无数游客的注目。看了这样的场景,我不由得想起了王昌龄的"荷叶罗裙一色裁,芙蓉向脸两边开。乱入池中看不见,闻歌始觉有人来"。

是谁的"歌"声啊？原来是湖中戏水的鸳鸯。我们来到孤山下的里西湖,只见美丽的"中国官鸭"两只脚掌在水里拼命划着,它们不停地拍打着两只小脚,时不时还会潜入水中,旁边的水波纹也更明显了。它们潜完水,会浮上水面用嘴去梳理它那一缕缕的羽毛。如果你投一块面包过去,它们两只小脚便使劲划着,两只翅膀使劲地拍打着,去争夺那块面包。它们有的直接飞了起来,飞到了面包前,以为可以吃到这块面包时,水中又蹿出一只鸳鸯,抢先一步,一口把这一大块面包给吞了下去。它们平时看似优雅,抢食时却如同饿虎扑食。古话说"鸟为食亡",可能是真的。(2023-09-26)

今天我大鹏展翅

在我还没上小学的时候,收到了妈妈同事从国外寄来的一块滑板。那块滑板通体为金黄色,板身上有一个个突起的小方格。妈妈说那是用来增大摩擦力的,防止我滑着滑着从板子上掉下去。

今年暑假,我跟着谢意一起去玩滑板,可是这次的滑板跟我小时候玩的不一样,轮子特别松。谢意说这是陆冲板,可以让我们体验冲浪的感觉,而且身体又不会沾到一滴海水。我不以为意,要知道我以前可是在大海里玩过冲浪板的啊。

不过我还是小心翼翼地上板:先把一只脚踩在板子上,另一只脚向后一蹬。不幸的是我立马摔了个屁股墩。这块滑板由于轮子很松,板子会左摇右晃,前冲的速度比我以前的滑板更快,也更难掌控。我一上去,没过两秒钟又掉了下来。"不要紧张,没关系的。"我对自己说。掉了上板,上了又掉,不知道掉了多少次,慢慢地我找到了感觉。我把重心降低,扭动脚踝,这时发现前进的速度变快了,我左摆,右摆,上升,下降,随着板子摇摆的节奏加快,我仿佛觉得自己真的在海上冲浪。眼看就要转弯了,这时候我下意识将重心往左移,整个人仿佛倾斜了四十五度角似的。这时,远处传来一个声音:"在转弯的时候,身体下蹲,一只手摸地——"没想到这样子就能有一个帅气的转弯。我全力加快摇摆的速度,滑板像箭似的射了出去,爽啊,当我微微闭上眼睛,滑翔的速度让我都分辨不出自己到底是在海上还是在陆地上,我的双手像大鹏的翅膀一样展开,仿佛翱翔于天地之间……(2023-10-05)

龟　趣

　　我们家养了一只小乌龟，刚进门的时候，那只小乌龟只有巴掌大小，我把小乌龟养在一个玻璃缸里，在中间放了一座假山。小乌龟的性格实在有些古怪，它特别喜欢这座假山。有太阳的日子，它会慢悠悠地爬上石头，爬到最靠近太阳的那个地方，然后再舒适地把头伸出来，无忧无虑地趴下，伸开四肢，低下头，一趴就有好几个小时，好像是在享受阳光的抚慰。

　　小乌龟有时很淘气。有一次，我就亲眼看到了小乌龟想爬上假山，一不小心，它的小硬壳被卡在了石头缝里。看着它那四只小爪子胡乱地挥动着，真让人觉得淘气。还有一次，等到我发现的时候，它几乎已经精疲力竭，没有力气挣扎了。我好心地帮他翻回了身，它就像是立马充足了电，又活蹦乱跳地继续去它的假山上晒太阳了。这种淘气的小动物，怎么能不让人觉得可爱呢？

　　小乌龟的嘴巴很刁，它不吃菜叶子，你把菜叶子放下去，它一点反应也没有，可是只要你把肉放下去，不管是鸡肉、鸭肉、羊肉、猪肉，它都会欢乐地挥舞着小爪子，飞快地爬过来，一口"啊呜"下去，就把肉吞了个一干二净。

喂久了，自然而然小乌龟也就认识我了。我放学回家，把他放在地上，它就会一刻不停地跟在我的鞋子后面爬。当我给它喂食物的时候，他也会主动把头抬得高高的，期待我给它投喂美食。

你猜小乌龟大便是什么形状，又是什么颜色的？小乌龟的大便是棕色的，是一颗颗的小颗粒。有一次，我想考验一下小乌龟的智商，我把它自己拉的屎也当作食物，混在了肉中。我看着它吃下去了，可是过了一会儿，它从嘴巴里吐出了一个东西，一看就是那一团屎。看来小乌龟智商还是挺高的。(2023-10-13)

我的自画像

你认识我吗？我叫赵云翼。最后一个字是爸爸想的，他想让我在各个方面如虎添翼，越来越好。前面两个字"赵云"，大家都知道赵云是三国时的猛将，曾多次救主公刘备于危险之中，妈妈也希望我和赵云一样勇猛无畏。

当大家看到我，第一眼看到的不是我的脸庞，而是密得像稻草的头发。而在我这乌黑的头发下面，藏了一道疤，几乎每个见到我的人都会问，这个疤是怎么弄的呀？或者说这一道疤怎么这么眼熟？哦，想起来了，你不会是J.K.罗琳笔下的哈利·波特进了9¾站台穿越来的吧？每次听到这句话，我都会心一笑。我可不会魔法，如果如你所说，哈利·波特真的来到了这个世界，会先做什么？当然是先体验最新的人工智能呀！这不，我也在学编程，只不过有一点点马虎。

我又坐到了电脑前，和电脑的摄像头"三目相对"，手指在键盘上飞舞着，脑子在飞快运转着，一个个的字符在显示屏上跳跃着。不一会儿，几十行代码出世了，我激动地按下运行键，界面只在屏幕上一闪而过，就像鱼儿吐的泡泡一样刚刚出现就消失了，一看提示有十几个错误，细细看过去，哦，是拼写错了，是大小写错了，是没换行……好不容易没有错了,可只要一动又错了。再一看不出所料果然是没写完,你看以上哪一点不是马虎导致的?其实我除了马虎还是个爱唠叨的人,每次下课都爱和同学们聊个没完没了,直到上课才依依不舍地回去。

我除编程外还很爱画画,你问我艺术灵感来源于哪儿,其实它源于生活的点点滴滴,也来源于大自然。当看到鸟儿在树间欢快地飞舞,或听到风拂过竹叶时发出的沙沙声,我的一笔又一笔的线条,柔和地触及纸,颜色也一点一点地出现了。听马克笔跳舞发出的声音,听彩铅模仿沙漏,沙子一点一点往下流,时间一分一秒过去了,不知不觉我已经从早上画到了中午,妈妈来叫我吃饭,我则一拖再拖。时间跑啊跑,跑到了下午一点,我才恋恋不舍地离开书桌,匆匆跑到餐厅狼吞虎咽吃了几口饭就又回到书房去画画了。可妈妈的吼声却把我定住了:"回来吃饭,把饭吃完了再去画!"无奈,我只好乖乖回来吃饭,等我吃完妈妈才说:"你去画吧。"一听这话,我立马有了精神,一下子像闪电似的跑回书房去画画了。若你说我不喜欢画画就怪了。

世界上没有两片相同的叶子,更没有两个相同的生命,这就是我,一个独一无二的活泼开朗的男孩赵云翼,现在你认识我了吧。(2023-10-21)

亚运记事

　　2023年亚洲运动会在杭州举行，这是一个令人兴奋的盛事！作为杭州人，我感到无比骄傲和自豪。亚运会的到来为杭州增添了一抹独特的风景。亚运吉祥物宸宸、琮琮和莲莲喜迎贵客，亚运体育馆装修一新，花草树木被裁剪出了别致的造型，高速公路上的路灯扣上了平安扣，中国的亚运健儿们也在为国争光，获得了一块又一块的金牌。其中有一块金牌，获得的全程可以说是惊心动魄——女子4×100米决赛。

　　参加这次决赛的队伍有中国队、中国香港队、马来西亚队、马尔代夫队、泰国队、巴林队和新加坡队。中国队的第一棒是梁小静，第二棒是韦永丽，第三棒是袁琪琪，最后一棒是短跑状元葛曼棋。

　　这场大战一触即发，枪声一响，梁小静后脚一蹬，就如同一匹脱缰的野马冲在最前列，一眨眼间就冲到了交接处。她刚伸出手，韦永丽就已开跑了，第一下没有接住，眼看就要过线了，幸好第二下接住了，这点小失误虽然浪费了一些时间，但韦永丽接到棒子后奋起直追，与第一名的距离越缩越小。韦永丽将棒子顺利地交给了袁琪琪，袁琪琪又将棒子顺利地交给了葛曼棋。在第二棒和第三棒的交接过程中,中国队毫无瑕疵,堪称教科书级别的交接。短跑状元葛曼棋接棒后快速地向前冲刺,与第二名泰国队的差距越拉越大,到终点的时候已经超过了一个身位。毫无疑问,中国队获得了冠军。她们骄傲地披着国旗,绕着跑道跑着,最后站上了领奖台,五星红旗再次在亚运赛场上升起。

让我们一起为女将们加油,为中国健儿们加油!第十九届亚运会中国队目前一共获得了343块奖牌,其中有183块金牌,期待有更多好消息!(2023-10-29)

学农日记

　　周五早上大家早早地来到学校，一个个期盼的眼神注定了这不一样的一天——学农日。

　　学农学什么呢？

　　上午的第一个活动就很特别,体验"扎染"。进了教室,映入眼帘的就是一张张圆木桌,上面整齐地放着一沓厚厚的白布和一堆皮筋,摸一摸白布湿答答的,我们充分发挥想象力在湿湿的白布上绑上一条条皮筋,由于被皮筋绑住的地方染不上颜料,最终形成了美丽的纹路。每个人都发挥自己的想象力,有的做出了层峦叠嶂的"森林",有的做出了一个个的"洋葱圈",有的用老师教的特殊的方法做出了好看的鱼鳞纹,还有的做出了五角星的形状。据说,扎染有着悠久历史。早在东晋,扎染的绞缬绸已经有大批生产。南北朝时,扎染产品被广泛用于汉族妇女的衣着。曾经的农村妇女都穿自己织染的土布衣,而现在的扎染变成了一种游戏:网上买一件白汗衫,扎染成自己喜欢的花样,穿在身上,显示自己的与众不同。

　　到了中午,教官让我们自己烧豆饭吃,并吓唬我们:"要是烧不好,就只能空着肚子去参加下午的活动了。"你想,有谁愿意饿肚子？所以大家抢着干活，有的去捡柴火，有的去学用打火机点燃木柴，还有的人忙着把菜倒入事先洗好的米中，搅拌均匀，再盖上锅盖，这时候炉灶里火舌翻腾，火光映在烧火人的脸上，红扑扑的满脸放光。慢慢地，一股米饭香味从饭锅里溢出来，好诱人啊！功夫不负有心人，教官说："饭熟了！"拎起锅盖，一股水蒸气扑面而来，饭香和肉香接踵而至。我们尽兴地吃着自己做的香喷喷的米饭，美味极了，堪比米其林三星大厨烧出来的饭！接着我们秉持着剩饭不浪费的原则，用这些饭做起了锅巴，不一会儿锅巴就成型了。用铲子将锅巴铲出，一块块又脆又香的锅巴被一抢而空，连曾老师都说"好吃好吃"。

下午的活动是学习翻地。翻地也是很有趣的，泥土底下有"红宝石"：红薯！于是锄头变成了挖宝探险器，大家体验着翻地的乐趣。每当我们翻到红薯时都非常激动，但还是有不少小朋友没有挖到，可是指导老师的锄下都是宝贝，他别出心裁地发动了抢红薯大战，大家一哄而上。

这个周五必定是个难忘的日子，我们参加的学农活动，创造了许多第一次：第一次体验了非遗扎染，第一次吃自己烧的豆饭，第一次翻地……（2023-11-08）

我的心爱之物

　　老师要我们写一篇"我的心爱之物"的文章,我问自己,我有吗?

　　当眼光落在书桌上八音盒,我就心里一动。我的八音盒是只"小熊",最特别的是它是我用自己的双手做成的,所以格外珍惜。我在创造八音盒时以为它是只"小灰熊",可一上色全都变了。"小灰熊"染了个毛,变成了一只"小棕熊",不过我也觉得挺好看的,别有一番味道。"小棕熊"有对大大的眼睛,好似两颗镶嵌在脸上的玛瑙,十分软萌可爱。它有两条粗粗胖胖的小短腿,要真能走路,一定会十分有趣。同时我还赋予了这只"小棕熊"一双好看、灵活的手,那可费了我许多工夫:它抱着一只可爱的毛绒玩具。"小棕熊"顶着一对毛茸茸的小耳朵,跟小猫头鹰尖尖的"耳朵"差不多,不过"小棕熊"的耳朵好看多了。

　　每天,这个八音盒陪伴我进入甜美的梦乡,因为是亲手所做,我就十分爱惜它,经常会小心地养护八音盒,让它一直像一个新的八音盒。我九岁生日时许愿:我想要一个八音盒……到我临近十岁生日的时候,妈妈就让我自己DIY一个木头八音盒。一听到这特别的喜讯,我激动得蹦了起来,对妈妈说:"择日不如撞日,就今天吧。"

"小棕熊"诞生在"作物"工场。开始,我只拿到了一块又大又厚的木块,不知从何下手。这时旁边的叔叔说,你应该先打草稿,于是我用铅笔一下一下地勾勒出了一只小熊的模样。叔叔把我的"小熊"放到一台机器上,锯出了形,不知为什么,他每下一刀,我的心也跟着抖一下,好像我自己就是"小熊"。初成型的"小熊"粗糙又扎手。接着我按步骤用锉刀进行二次调整,终于它不再硌手了,可摸上去依旧毛毛的。我就耐心地用砂纸打磨,终于我的"小熊"变得有模有样了,摸上去还十分顺滑。最后我给"小熊"上了油,它一下子变得油润、细腻、闪亮。接着我又用热烙笔刻画出细节,"小熊"顿时生动了起来,仿佛有了灵魂,栩栩如生,我也很有成就感。我立马把妈妈的手机夺了过来,对着这完美的八音盒左拍右拍,最后再发了一个朋友圈才算完成。

此后的每天晚上,我都会枕着这优美的乐声进入梦乡。(2023-11-20)

可爱的闪闪

在我们的班上有这么一位会把课上成故事大会的老师，她披着一头发亮顺滑的长发，在如同玛瑙一般的眼睛上有一根根向上翘起的睫毛。她的目光格外特别，要说最亮眼的就是一排戴在手上闪闪发光的手镯了，因此我们都叫她闪闪。

闪闪的上课方式与众不同，她喜欢用浅显易懂的语言编故事来解释那些深奥复杂的知识。有一次她给我们讲岩石的由来时，张大嘴巴猛吸一大口气，蓄势待发的模样，好像要把酝酿已久的风趣故事爆发出来，她饱含深情地讲道："从前有一个小石头……"才听到这儿，我们就被她夸张的表情逗得大笑不止，开心得直用手拍击课桌，闪闪也止不住地笑了起来。但正当我们深深沉浸在这幽默的故事中时，闪闪用搞笑的手势让我们做深呼吸，那上下摇动的幅度，差点就要摇到巴黎铁塔了吧！闪闪接着往下讲："这块小石头，经历了好几百年的风吹雨打，它就成了一堆沙砾……"并突然说："这个故事讲完了，课我们也上完了，好，下课！"大家意犹未尽，追到教室外要老师继续讲，这还是我们第一次要求老师拖堂，可闪闪就是不同意，我们也无可奈何，只好垂头丧气地回到教室。听完这个故事，我们不仅理解了那些难懂深奥的知识,还摆脱了枯燥的记忆过程。

　　闪闪不仅课讲得好,我们发现她还是个"大吃货"。在闪闪的办公室里,不仅桌面上摆满了整盒整桶的零食,甚至连闪闪的鼠标垫、水杯也与食物有关。要是大家的表现好,得到了学科章,或者帮忙抱本子,都会得到闪闪大气的小零食奖品——一包特别的零食,你问哪特别? 那可是我们通过自己的努力换来的。当然要是我们的发言得到了表扬,闪闪还会给我们发又小又精巧的食物小摆件,等我们集齐了十二个,还会得到闪闪口中的"神秘大奖"。

　　现在想必大家都知道她是谁了吧,就是我们亲切可爱的科学课王老师。(2023-11-24)

台风过后的西湖

　　受五号台风影响,杭州连续几天几夜都是狂风暴雨,我想西湖边的荷花一定遭殃了,湖边也一定冷冷清清。没想到我们来到西湖边,好像看不出有什么变化,断桥上依然人头攒动,人声喧哗,只有等下了桥沿着湖边慢慢地走,才会觉得西湖安静了。仔细看看,湖水涨了上来,蹲下来就可以够得着水面洗手了。太阳很烈,晒在身上烫烫的,我们沿着孤山路走着,发现一只鸟一直跟着我们,似乎在向我们讨要着食物。也许因为台风,没有了喂食的游客,它们已经饿了几天了吧! 湖边的鸳鸯看到小鸟有人喂食,就不停地叫着,好像在乞讨。我给它们扔了一块面包,周围的鸳鸯们拍打着翅膀蜂拥而至,溅得水花噼啪响。这时有人向远处扔了一块大大的面包,在后面慢悠悠游着的一只鸳鸯捡到了这个大便宜。

　　看鸳鸯的人多,赏荷花的人更多,西湖的荷花盛开着,今年西泠桥下的荷花太漂亮了。沿着湖堤逶迤曲折,荷花荷叶挨挨挤挤地聚在一起,花苞如箭,直射长空,花朵有红的白的粉的,在阳光下竞相争艳。怒放的花朵中间黄蕊如金,有的裸露了青绿色的莲蓬,荷叶上的水珠被微风吹得滚来滚去,仿佛马上就要掉下去了,却又被另一阵风吹回了中心,晶莹剔透像一颗颗令人心动的珍珠。奇怪的是白堤旁的荷花竟然长到了桥洞下面,我发现一只蜻蜓停在荷花的花蕊上,翅膀来回扇动着,脚也来回地摩擦着,该不是把自己当作勤劳的小蜜蜂了吧!

　　台风过后的西湖一如既往,趁着暑期来赏花的外地游客一点也没有少。星期天我们家来了一车上海亲戚,本来说要去看荷花,可是等吃完了饭,看到导航地图上通往西湖都是长长的红线(堵),爷爷说虽然苏、白二堤离我们家都不远,可是这一堵,打个来回得准备三小时,但他们依然勇敢前往:到了杭州不看一眼西湖能说到过吗?要知道赏过荷花后还要开车回上海去!

　　也许对于来杭的外地客来说,西湖的春夏秋冬永远有让人着迷的地方,没有任何力量可以阻止他们快乐的脚步。

(2023-11-30)

我的好朋友胡宇宸

　　我有个要好的朋友叫胡宇宸,看上去很文静。他长得非常可爱,一头黑黑的头发,从背后看去,还真挺像个大大的黑蘑菇。两颗大大的黑珍珠似的眼球是他最大的特点,也是最容易让人记住的。每次老远看到有个"蘑菇头"过来,我总会觉得这个人就是胡宇宸,但是走近一看,错了! 看来留蘑菇头发型的人还不少呢。胡宇宸非常容易激动,一激动他就会张大嘴巴,眼睛也瞪得大大的,身体大幅度地上下摇动,甚至还会激动得蹦起来。

　　胡宇宸的强项是英语,他是我们班的英语课代表,平时讲话时不时地会蹦出几个英文单词来,有同学常常跟他开玩笑说:"你能不能说人话呀? 你说英语我们又听不懂。"这时,他总是哈哈一笑。

　　胡宇宸对同学是很有礼貌的,有同学送他一份小礼物,或在课间餐送他一点美食,或在讨论数学的解题思路时给了他一些灵感,他都会朝对方超九十度地鞠躬,夸张得就像在拜佛一样。

　　胡宇宸还是个非常乐于助人的同学,有一天我一脸兴奋地冲进教室,就好像考试得了满分一样,可兴奋的我浑然不知前面有个大坏蛋扔下的水笔陷阱，踩了个正着。我的好朋友胡宇宸看我四仰八叉的样子，哭笑不得，一边抓紧跑过来，一边瞪大了眼睛，好像迫切想知道我的伤情有多么严重似的。他到我身边时，我已经被一大堆"吃瓜群众"组成的人墙给包围了。胡宇宸瞪大眼第一个问："赵云翼，你没事吧？要不要去医务室啊？要不我给你讲个笑话？"我被这连环炮似的发问给问呆了，脑子一片空白，呆若木鸡地坐在地上，不知道回答什么，吓得胡宇宸用出了吃奶的劲才把我拉了起来。看看我没大事，他又讲起了笑话。去医务室的路上，我好像成了一个瘸子，一拐一拐的，但好在有同学们的帮忙，才让我到医务室的这件事情变得顺利。

我的朋友胡宇宸另一个特点就是非常热情好客，每次放假他总要邀请我们几个要好的朋友去他家玩，并且得住上一晚。今年国庆节，他又邀请了我、仲添和楷文。一到他们家，他就搬出家里的库存食品——水果、坚果、糕饼、饮料等——放了满满的一桌子。我们一起吃，一起玩，一起看纪录片，一起写作业，我们还进行了掰手腕大赛，他那美丽可爱的小妹妹也要来凑热闹，等我们玩得精疲力竭，天也黑了。到了晚上，我们四人就睡在他家的高低铺上，我与胡宇宸睡下铺，仲添和楷文睡上铺。关了灯，我们还天南海北地聊天，聊着聊着，声音慢慢小了下去，我也不知道何时进入了梦乡。

我的朋友胡宇宸就这般可爱，你喜欢吗？(2023-12-05)

冬天迟到了

昨日正是冬天的第二个节气:小雪。但我们却好像还在跟秋天过日子。昨天有人穿着呢大衣,有人却只穿了一件短袖,难道冬天真的迟到了,秋天还在加班?

大自然总会告诉我们答案。

从窗户中向外看去,树木的颜色各不一样,有的树木像一块块翡翠,也可以说就像一个充满阳光的少年。但在这些"少年"的旁边,站着一棵棵枝干复杂、有四层楼那么高的老树,它们率先秃了,在树的顶端,只剩下三五片摇摇欲坠的叶子,好像只需一阵微风就会落下。而在这些树的下端,秋姑娘的黄色颜料倾泼在树上,把树叶染成了金黄的颜色。还有些树全树挂满了火红的叶子,从远处看,就像一个倒挂着的巨大的苹果。不过一群人中也总有几个与众不同的,别人举左手,他偏偏举右手。于是在这棵树上长出了几个分枝,成了独一无二的显眼包,让这个苹果变得不是那么完美。凑上前看去,粗粗的大树干上的一个节疤上爆出了小小绿色的枝丫,大树皮粗糙的苔藓上,还有一朵黄色的小花悄然无声地开放了,在小花周围,绿油油的小叶子长了出来,一切仿佛回到了春天。

难道冬天真的没来吗？

昨天晚上,冬天好像到过了,呼呼的声音不是冬天在号叫吗？风就如同一群狼在咆哮。一只无形的大手砰地替我家关上了窗户。这只无形的大手是谁？真相只有一个,那就是风!

我向阳台外看去,外面就像刮起龙卷风一般,风卷起了千万片树叶。它们越飞越高,落在每户人家的阳台上,那仿佛是秋送给我们的礼物。

但是今天早上,秋又把冬赶走了,依旧是像秋天一样,阳光灿烂,暖暖的。(2023-11-23)

话说二十年后的家乡

周末我正津津有味地看科幻小说讲着二十年后的世界的样子，二十年后的家乡到底是怎么样的？是像科学家说的那样糟糕还是作家笔下的那样魔幻。突然书中破开了一个洞，强大的引力把我吸进了一个神奇的地方。

我落在一片柔软的草地上，那一根根草是多么的绿多么的光滑，我轻轻地抚摸着小草，他们就像有了生命，顺着我的手微微弯腰，还飘着一股青草的香味。

突然天空中出现一颗米粒大小的扁圆形飞船，慢慢地变大，最后停在了草坪上，我十分惊讶，这不会是外星飞船吧。这时飞船门打开了，从里面出来一个机器人，他有一个光滑的身子，头部悬浮在空中，他竟然开口说话了："您好，我的主人，我是您的专属机器人，您现在看到的是由我国自主研发的胶囊飞船，您请进吧！"我的汗毛根根竖起，紧张的心提到了嗓子眼。来到飞船门口，坐上了如海绵一样的座椅，我望着空中的屏幕选择了目的地——学校。飞船朝学校飞去，机器人又给我介绍起这艘飞船，它由驾驶室和客厅两部分组成，客厅大小可以自由伸缩，我向窗外看去，路上扫地的阿姨不见了，取而代之的是只有书包大小的机器人，他们会把垃圾当成食物吃进去,经过干燥压缩,最后吐出来的是方块的固体物,可用来建造房屋。机器人还说,一些厨余垃圾经过处理和压缩,可以制成有机肥料,作为花草树木的养分来源。不一会儿,来到了学校门口,保安不见了,换成了保安机器人。保安机器人给了我一个控制器,我根据说明试着呼叫了校车,一会儿一个泡泡飘了过来,难道这就是校车?这时我的好朋友走了过来,说没错,这就是校车,他说你碰一下泡泡,门就会打开,我碰了一下,校车门真的开了,我立马输入了我想去的科学教室。

泡泡飞到了教室门口,我走了进去,四周墙壁全是像电影院一样的屏幕,同学们在左边的墙上画画,在右边的墙上查资料,只听"丁零零"的一声,上课了,老师讲着课,同学们的课桌上都有显示屏,当老师讲到一位伟大的科学家时,你只要一点屏幕,全息投影出来的科学家信息就显示出来了,要是还有人不懂,只要提出问题,智能的AI就会用最简单的语言给你做讲解,让你一听就懂。

正当我听得入神的时候,突然黑洞再次出现,把我吸回了2023年。

第一次系红领巾

　　当我第一次背着书包跨进校园的时候，发现我们比其他的大哥哥大姐姐们少了一样东西，那就是他们挂在脖子上鲜红的红领巾。从那时起，我就一直盼望我有自己的第一条红领巾。

　　终于，我盼星星，盼月亮，终于盼到了我们二年级的入队仪式。随着入场音乐响起，大哥哥大姐姐和我们一同进入了操场，他们挺直了腰杆，精神抖擞地站在那里，就像一个个军人一样，我敬佩地望着他们胸前那条鲜艳的红领巾，真希望自己也能快点拥有它。队歌声响起，他们举起右手，敬了一个标准的队礼。我想，我也快成为少先队员了，就学着他们回敬了队礼，却是照着葫芦画瓢，敬了一个不那么标准的队礼。队歌声结束，我双手捧着红领巾，让大哥哥教我系红领巾。只见他拿起红领巾，挂在我的脖子上，左右交叉绕一圈，快捷地从中间的洞里穿进去，一条整齐的红领巾就系在了我的胸前。他们向我敬了一个队礼，我回敬了一个自以为正确的队礼，这时那个替我系红领巾的哥哥笑了笑，纠正了我错误的敬礼方式。当时的我将手放到了太阳穴那儿，把队礼敬成了军礼，现在想想都觉得可笑。

今年我五年级了,轮到我们给二年级的新队员系上他们的第一条红领巾了。随着队歌声响起,旗手举着巨大的队旗走来,风吹红旗猎猎作响,我跟新队员说,我们的红领巾就是队旗的一角。他点了点头,向我敬了一个自以为标准的队礼。我像当年为我系红领巾的哥哥一样,纠正了他错误的姿势,让他把手放在了离额头一拳的位置。很快姿势准确了,他随之把手放下。接着,少先队辅导员商老师开始讲话,讲解作为少先队必须做到的几点要求。

新队员从老师手中拿来那条崭新的红领巾递给我,我拿起红领巾对折七次,围在了那位男同学的肩上,再用右边压左边绕一圈,把那条红领巾系紧,向他敬了一个队礼,示意他回礼,那个同学真是聪明,马上向我回敬了一个标准的队礼。

我欣慰极了。

我想每个人都会有人生的第一次,而第一次系红领巾的事却让我难以忘怀。

菊花·独立寒秋

"荷尽已无擎雨盖,残菊犹有傲霜枝""采菊东篱下,悠然见南山",这些是古代诗人笔下的菊花诗意,可菊花到底长什么样,又有哪些冷知识呢?

菊花的花瓣也分为两类,一种花瓣长长的、细细的,像一根根毛线,还有一种是半圆形的,一小片一小片的,如同一粒粒大米。大部分的菊花是黄色的,当然还有其他颜色的菊花,如深深浅浅的红色、绿色等。菊花的种类繁多,如立菊、大理菊、悬崖菊、花坛菊、嫁接菊。菊花是美丽的,那淡雅的粉红,那奔放的火红,那清幽的淡绿,那可爱的金黄,像打开了一个五彩斑斓的世界,姹紫嫣红。菊花花枝一般长60—130厘米,最高差不多是一个二年级小学生那么高,其中绣球菊可能有八九十片花瓣,小红菊大约有70片花瓣,若是在夏季开放的菊花,花瓣多的可以达到上百片。

在菊花中,我最喜欢的就是球状菊花了,它们长得十分可爱,从外到里包裹起来,外面的颜色比较浅,里面的颜色深一些。鼓鼓囊囊的像是一个个小绣球,花心向内卷,外面细长,细长的花瓣是朝外开放,大多向上卷的,偶尔会长得歪歪扭扭,活像个赌气的丑小孩。秋天最烂漫的是像满天星似的小野菊,玲珑精致,一簇簇、一丛丛盛开在山脚下,惹人怜爱。小野菊像山地的野孩子,无人管束,也无人欣赏,但它们只要盛开一次,就会年年开,而且,沿着山坡肆无忌惮地蔓延开去。

不过美丽的菊花对于我们这些小吃货来说,还能做成菊花糕、菊花粥、菊花寿司、菊花火锅和凉拌菊花花瓣等,说着说着,口水也忍不住流了出来。据说,这些美食都有清热消毒的作用,每当我们上火时,家长们就会摘几朵菊花泡水喝,帮我们去掉嘴上的火泡,舌尖的小疙瘩。此外,而菊花还有比较独特的用法,如做成菊花枕、泡脚等。

虽然菊花四季都能种,但只有十月的菊花才会花团锦簇地怒放,那时各地的菊花展也就热热闹闹地开始了。菊花是有个性的植物,茎不粗,却敢于与寒风作对,叶片呈锯齿状,颜色为深绿色,但是在寒风凛冽的深秋,纤细的枝干仍然能撑得住顶端硕大的菊花花朵。哪怕是花谢了,那东倒西歪的枯枝依然挺立不倒,代表了一种坚贞不屈、凌寒不折的精神,这种精神被中国古代文人所向往。

梅花.不事张扬

梅花是一首优雅的诗。

她先开花而后长叶,

色彩有淡雅的,也有鲜艳的;

枝干遒劲得像铮铮铁骨,

但在梅园里,一切都很适宜。

她的花季

在寒冷的冬季,

也许正是由于冰天雪地,

常会被一些懒人忘却。

那弯曲的枝干,那青绿色的花萼,那黄澄澄的花心,

尤其是白梅的花瓣,

增一分则嫌大,减之一分则嫌小,

素之一忽则嫌白,赤之一忽则嫌粉。

在枯黄的草地上

或在静悄悄的墙角边,

总有一枝两枝不张扬的梅花,一个一个的花骨朵,

怒放时不是如同雪花那么洁白,便好似朱砂那么热烈,

人们为了她的美丽从四面八方赶来。

最让人心疼的是漫天雪花的时候，

其他娇嫩的花儿纷纷穿上了棉袄，缩回了花苞，

只剩下勇敢的梅花敢与雪花做伴，

红梅，皑皑积雪中的一点红，

成了人们在万花凋零时的慰藉，

在清晨的凛冽的北风里，显得特别精神。

晴日的黄昏，太阳洒下金色的光芒，

镀满了大地，

镀了金的雪原格外耀眼，

梅花衬映着日落，却展现出另一种恬淡。

或许有人会拿她与牡丹比，没有雍容华贵的惊艳，

与桃花、杏花比，没有摇落春光妖娆，

但梅花的高洁就是不事张扬，

那不正是我们孜孜以求的好品质吗？

绍兴黄酒与孔乙己

　　黄酒可以说是世界上历史最悠久的名酒之一,而在中国,黄酒分为三大门派,位居榜首的就是绍兴黄酒,据说它还是国家级非物质文化遗产。在绍兴的大街上,不管是面店还是小吃店,甚至是路边摊上都摆着一排排的黄酒鬂,熙熙攘攘的人群里就有许多人拎着一坛坛绍兴酒,当作旅游纪念品带回家去。今年的正月初五,我们也作为"外乡人"开启了绍兴之旅。

　　绍兴是鲁迅先生的故乡,毛泽东主席评价"鲁迅是文化战线上的民族英雄"。鲁迅先生的许多文章收录到了我们的教科书上,有一篇小说《孔乙己》,其中有一句话是这样的:"温一碗醇香的黄酒,来一碟入味的茴香豆。"似乎成了绍兴的广告语,那个在鲁迅小说中多次出现的咸亨酒店,也几乎成了绍兴旅游的"金名片",特别是当你走累了,肚子空了的时候就想去咸亨酒店,酒店门前的"孔乙己"塑像已成为游客争相合影的"明星",还有一家酒店直接命名为"孔乙己"。

　　也许鲁迅先生怎么都没想到,他1919年写的第二篇白话文小说里的主人公孔乙己竟然成了个品牌,甚至还当起了代言人,在孔乙己喝酒的那个咸亨酒馆有一个六边形的牌匾,上面夸张地写着"孔乙己赊账十九个铜板"……

而绍兴,除了黄酒外还有一样东西远近皆知、中外闻名,那就是著名的臭豆腐。走在马路上,香味刺鼻,那就是"闻闻是臭的,吃吃是香的"的臭豆腐!路边摊几步一个,摆两张简易的桌子,放上甜酱和辣酱供我们购买品尝,而这些臭豆腐摊位都是由一辆三轮车和在上面自制的油锅构成,麻雀虽小,五脏俱全,做出来的臭豆腐口味并不比那些门店的差,反而更有一种独特的风味。

接着我们来到了鲁迅故居步行街,希望看一眼与鲁迅名字相连的故居、百草园和三味书屋,想看看鲁迅先生童年的痕迹。哪里知道现场是那样的:步行街上人满为患,且每天参观的游人是限量的,手里有票的也都排成了弯来弯去的S形长队,前胸贴后背地顶着暖暖的太阳耐心等候着。像我们这样希望现场约票的——一个名额也抢不到,这就是2024年的春假场景,似乎老天爷把蜗居的人都赶去了景点,这里与西湖边的游客有得一拼。

我们去了绍兴,想看的什么都没有看到,只吃了几块臭豆腐,买了三本文创本,盖了一些绍兴风景印,难免有点悻悻然。看来鲁迅先生的童年只能到鲁迅作品中去找了。我回家读了相关的文章,还读了小说《孔乙己》,看到了一个穷困潦倒又好逸恶劳,十分迂腐又有几分可怜的落魄书生孔乙己,评论说"哀其不幸,怒其不争"。可是让我想不明白的是,就这么一个可怜又可恨的人怎么会变成商店的招牌?

奶奶说:这很简单,就是一个"酒"字呗!(2024-02-14)

花溪夜郎谷

你知道"夜郎自大"这个成语吗？知道成语里的那个"夜郎国"在哪里吗？在今天的贵州,有一位艺术家以一己之力造出了一座"花溪夜郎谷"。你能想象一个人把二十年的所有时间和精力都花在一件事上,隐姓埋名,只为打造一个世外桃源吗？这个人就是艺术家宋培伦。听说当年的宋培伦东拼西借凑了三百万,买下了传说中夜郎国所在的一片古堡遗址,终于造出了一个神秘的石头城堡。假期里我们来到了这个贵阳的打卡胜地。

景区检票口的门前矗立着两个巨大的石头雕像,我爸走过时连石人的膝盖都没到。走进去,在这些巨人群里行走,感觉我们这些有生命的真人十分渺小,而这些硕大的石巨人却威武雄伟。停下来细看,发现石巨人是用瓦片、碎石甚至是碎碎的陶片组成的,是由一种只有宋培伦知道的"秘方"拼凑成的。为什么整体要采用石头,那是因为木头会被时间腐蚀,金属会生锈,但石头却能百年不倒千年不朽。石人的头上有两颗大大的圆圆的眼睛,鼻子是一块完整的石头,下面明明没有支撑,不知道宋培伦是用了什么样的技巧,将鼻子牢牢固定在了石人脸上。而石人的嘴则是艺术家用凿子凿出来的,看起来很庄严,又觉得里里外外透露着一些奇趣。放眼望去,大大小小的石人摆满了整个园林,每个人的表情动作都不重样,有的高举着手臂向我们打招呼,有的手里拿着各种各样的兵器,它们笔直站在那里一动不动,但总能让人想象出石人们下一步将要做出什么动作,仿佛一个个当代的"兵马俑"。

　　这些石人极其夸张,发型也多种多样:有的是爆炸头;有的是如同我们画的小草;还有的是一个扁平头;有的上面栽了一盆垂藤的植物,垂下来的藤蔓成了石人的长发;有的在上面种的草成了寸头;有的用石头砌成了花瓣状又成了一种独特的样子。而奇怪的是,他们的耳朵有的是六耳,好像孙悟空中的六耳猕猴,有的是三耳,甚至有的有八耳。

　　巨人群象与古朴原始的石屋、错落有致的院落、由松针铺满的乡间小路融会在一起,一切都是那么和谐自然,让人分不清,那些石屋与院落是为旅游者设置的呢还是为巨人们建成的家园。

　　接着,我们来到了文创商店,商店里摆放着一个个陶罐,在陶罐上面用了很多种工艺,刻画了很多栩栩如生的表情,有的用黏土制成了红红的大笑脸,有的有黄色的大眼睛,有的有绿色的翘翘鼻,还有的戴了一顶奇怪的帽子,很多细节看上去非常不合理,却又很讨人喜欢。它们与园里的石巨人一样,以图腾的想象与当代艺术的某些荒诞,甚至几何图形构成了一种独特的美学,透露出一种独特的美感。(2024-02-21)

编后记

　　赵云翼小朋友,英文名Lucas,左撇子,有一双灵巧的小手,自幼儿园开始玩乐高,三年级就拿了个全国小学生编程三等奖,还在"喜马拉雅"上开过自己的公众号。性格活泼,热爱劳动,关心班级,连续几年被评为"五好学生",应该能算是一个好孩子。

　　小朋友上小学的时候就住进了奶奶家,家里有一个露台,和爷爷一起种满墙满院的喇叭花和各种各样的蔬菜。四月的播种期,是小赵最快乐的时间,每天放学的第一件事,就是冲上露台,观察种子发芽了没有,玉米拔节了没有,辣椒开花了没有,青菜可以割了没有,西红柿挂果了没有。小朋友由此与这块土地有了真正情感上的交流,学会了观察,留下了最稚嫩也最鲜活的文字。

　　小赵是一条小"龙"(生肖),落生在21世纪万物互联的年代,所以他与父辈的童年就拉开了距离,笔下涌出了当代许多科技新名词:时空、未来、星球、纳米、机器人、冷兵器、黑客……大凡只要是与激动相关的,小赵手下的笔就有了递进式的层次感,比如第一次开飞机中写上天的感觉:"我按下了起飞按钮,飞机果真起飞了。地面渐渐地远去,白云渐渐地靠近。很颠簸，有点像在爬楼梯，一上一下，地下的建筑物变得越来越小，最后什么都看不见了。"很简洁很生动，在这篇文章中也写了开无人机："在我们三十二个同学中有两个人闯关失败了，有一个是回来的时候，因为飞得太高，速度太快，撞在了酒店的门楣上。还有一个同学，因为没有控制好高度而让无人机撞到了呼啦圈，直接坠机了。"

"'大疆无人机九块九，九块九！摔坏了再买一个！'"

"这是拼多多的广告，回去后我也可以买一架来玩玩啊！"

这句似乎前不着村后不着店的话，不知怎的冒了出来，但读到这里谁都会会心一乐。再比如写小鼠的大白牙，"第一眼看到的不是那胖胖的小肚皮，而是那两颗白白的长长的突出的大门牙，小仓鼠的两颗大门牙特别萌。你想，我们要每天刷牙，才能保住我们雪白的一口牙，可是小仓鼠吃吃喝喝从来不刷牙，它们的那两颗大门牙就是不会黄"。这样的对比，是不是也有点幽默？

似乎十一岁左右是小朋友作文的爆发期，写得最多，也相对最有激情，最长的文字两千六百多字，写得好的大体上是自己亲身经历的事，并且小朋友在这个年龄段已经开始慢慢学会思考了，比如：在陕西参观兵马俑的时候，"秦始皇在十三岁时登上了王位，并开始修建兵马俑。十三岁？在今天还是一个小学五六年级的学生。而秦始皇却开始造坟墓了？奇了怪了……"年龄、人生，也许这是小朋友最早的疑问。

三四年级比较多的是跟着课文走，成语新写、故事新编，或者是课文片段的仿写续写，若要写出新意，也不太容易。小赵努力了，在《龟兔赛跑》的改写中写双方都使用了高科技，最后同时到达，裁判判出"没有胜负"的结果，还是有点意料之外。

这本小书中最好的还是写活了人物，三个老师一个外婆，都颇有个性。老师为何惹人爱，就是矮下身来和小朋友一样高，两位科学课老师各有千秋，特别是《我们的兔子老师》，居然记录了上体育课时，场内与场外互动，几十只"小兔子"用四个手指竖起了兔耳朵。而《语文老师张颖芳》让我们看到了一个特别爱抢课、特别爱拖堂的语文老师，"也许她觉得语文课时太少了，所以只要有可以代课的机会，她就抢着来上课。有一次，张老师进来的时候手里拿着一张'代课单'，笑眯眯地说：'今天我来上课，是有代课单的。'"言下之意就不是"抢课"，最后发表的是同学们的心声："这就是我们的语文老师张颖芳，我们对她的感觉是五味杂陈。不过若是没有张老师，也许我们班的作文水平不会走到全年级的前面去。"我想若不是有张老师、陈老师和曾老师这些忠于职守、热爱教育的老师，也许就不会有小赵这本《穿越时空的风景》，为此深深感谢保俶塔实验学校可亲可爱的老师们！感谢为此书作序的中国著名评论家夏烈先生！

　　书是出版了，这只是曾经校园生活的记录，希望小赵通过这样的整理，能继续努力，写出更好的作品来。

赵云翼奶奶

2023-10-31